ACELERAÇÃO DA
APRENDIZAGEM
De quem?

Série Didáticos
UNOCHAPECÓ - Argos - Editora Universitária
Av. Atílio Fontana, 591-E - Bairro Efapi - Chapecó - SC
CEP 89809-000 - Caixa Postal 747 - Fone: (49) 321 8218
E-mail: argos@unochapeco.rct-sc.br

É vedada a reprodução total
ou parcial desta obra

ABEU

Associação Brasileira de
Editoras Universitárias

SOLANGE MARIA ALVES POLI

Aceleração da aprendizagem
De quem?

ARGOS
editora universitária

CHAPECÓ, 2003

UNOCHAPECÓ - Universidade Comunitária Regional de Chapecó

REITOR: Gilberto Luiz Agnolin
VICE-REITORA DE PESQUISA, EXTENSÃO E PÓS-GRADUAÇÃO: Arlene Renk;
VICE-REITOR DE ADMINISTRAÇÃO: Gerson Roberto Röwer;
VICE-REITORA DE GRADUAÇÃO: Rosemari Ferrari Andreis

Av. Atílio Fontana, 591-E
Fone/Fax (49) 321-8000
Caixa Postal 747 CEP 89809-000 - Chapecó - SC

Dados de catalogação

371.1523   Alves Poli, Solange Maria
A766a   Aceleração da aprendizagem: de quem? /
             Solange Maria Alves Poli. – Chapecó : Argos,
             2003.
             164 p. – (Didáticos)

             1. Aprendizagem. 2. Avaliação educacional.
             I. Título.

ISBN: 85-7535-046-3   Catalogação: Biblioteca Central da UNOCHAPECÓ

EDITORA ARGOS

Conselho Editorial
Cláudio Jacoski (Presidente), Arlene Renk, Mary Neiva Surdi da Luz, Nedilso Lauro Brugnera, Odilon Luiz Poli, Ricardo Rezer, Valdir Prigol, Volnei de Moura Fão
Coordenador: Valdir Prigol
Assistente Editorial: Hilário Junior dos Santos
Assistente Administrativo: Neli Ferrari
Revisão: Arisangela Denti e Fernando R. dos Santos
Progeto Gráfico e Diagramação: Paulo de Tarso
Capa: Hilário Junior dos Santos a partir da foto de Helen Hevitt, "Street Drawing", 1940.

"Para provocar transformações
naquilo que temos ao lado, é necessário
olhar as coisas muito conhecidas
a partir de outro lugar"
Coriat, 1988.

AGRADECIMENTOS

À Secretaria Municipal de Educação e Cultura de Chapecó – gestão 1997-2000 –, pelo espaço disponibilizado, pelas relações construídas e pelo compromisso (con)firmado coletivamente em favor de uma educação popular.

A cada uma das crianças entrevistadas e aos seus núcleos familiares, que com suas falas, gestos, olhares, permitiram compreender um pouco da lida diária deste povo em torno da necessidade de se manter vivo; pela oportunidade de estar tão perto de sua realidade de vida, pelas conversas, pela disposição em ouvir, pensar e falar e de colocar-se como sujeito concreto nesse processo de pesquisa.

A cada uma das professoras e a cada um dos poucos professores que corajosamente encararam o desafio de pegar nas mãos um programa de aceleração da aprendizagem de caráter popular, pelo crescimento proporcionado no espaço da assessoria ao programa em questão.

À Doroti, acadêmica do curso de pedagogia da UNOCHAPECÓ - Chapecó, pelo apoio técnico na busca das crianças e dos locais de moradia, pela paciência e pelo carinho dedicados.

À Adélia, companheira que me ajuda em casa, pelo carinho com que cuidou de nós em todo esse tempo.

Ao Gianfranco e ao Moisés, apoio fundamental na digitação de textos para os anexos da pesquisa.

A professora Edione, colega e companheira de luta no magistério, pela revisão ortográfica do texto.

Ao professor João do Departamento de Ciências Exatas da UNOCHAPECÓ - Chapecó, pelo auxílio na parte estatística desse trabalho.

Aos professores membros da banca de defesa: José Luis Sanfelicce, presença amiga, crítica e segura na construção do texto da pesquisa; Décio Pacheco, pela amizade construída, pela leitura cuidadosa do texto e pelo apoio.

AGRADECIMENTOS ESPECIAIS

Ao professor Angel Pino Sirgado, orientação sempre acolhedora, pela liberdade que me permitiu construir, descobrir, criar e crescer como educadora e como pesquisadora.

Ao Odilon, companheiro solidário de todas as horas, utopia e compromisso partilhado em favor da educação como instrumento de transformação. Pelo apoio neste tempo que é, para quem pesquisa, árduo tempo de movimento, angústias e afastamento.

Ao Gianfranco, sorriso largo e olhar festivo de filho que marca presença pelo companheirismo, pela criticidade com que olha a vida e, sobretudo, pelo quanto me ensina.

Ao Moisés, paciência aconchegante de filho que espera, conversa gostosa para matar a saudade, companheiro e seguro daquilo que diz, daquilo que faz e do que quer da vida.

Ao meu pai, Antonio (caboclo) e à minha mãe, Verondina (italiana), presença constante na história que me constituiu gente, corpos e sentimentos que materializam a face excludente do processo histórico do Oeste catarinense.

SUMÁRIO

PREFÁCIO | 13 |

INTRODUÇÃO | 17 |

01 - SOBRE A ACELERAÇÃO DA APRENDIZAGEM | 25 |
A aceleração no contexto histórico de produção do fracasso escolar:
uma leitura inicial | 26 |
De que aceleração se está falando? | 36 |

02 - O HUMANO CONCRETO E ACELERAÇÃO DA APRENDIZAGEM:
UM OLHAR TEÓRICO-METODOLÓGICO NO PONTO DE PARTIDA | 59 |
O cenário: a pesquisa e os instrumentos | 63 |
Aprendizagem: um olhar histórico-cultural | 65 |
Para uma leitura do processo de aprendizagem do
aluno como sujeito humano concreto | 76 |
Aceleração da aprendizagem: de indivíduos concretos | 88 |

03 - O CENÁRIO DA PESQUISA | 93 |
As regiões | 105 |

04 - O SUJEITO CONCRETO DA PESQUISA: O QUE DIZEM OS DADOS | 109 |
Condições reais de existência: família, trabalho e escola | 109 |
As crianças e adolescentes em processo de aceleração da aprendizagem: percepção dos
sujeitos sobre as condições de existência | 129 |

05 - O PROCESSO DE ACELERAÇÃO DA APRENDIZAGEM:
UMA INDAGAÇÃO | 137 |

CONCLUSÃO | 147 |

NOTAS | 149 |

REFERÊNCIAS | 155 |

PREFÁCIO

Confesso que fiquei muito feliz ao prefaciar este livro. Felicidade que se justifica por vários motivos: primeiro, a Solange é uma profissional que procura estar conectada com a escola, isto é, sabe que a academia tem uma função social e que somos também responsáveis por ela; segundo, é apaixonada pela educação, e como educadora, não acredito em educação sem amor, sem paixão; terceiro, escolheu um tema que é um dos grandes desafios educacionais atualmente: a inclusão como desafio cotidiano da escola.

Olhando para este livro, lembro-me dos nossos primeiros passos. Lentos mas firmes. Angústias, perguntas, desafios, mas coragem. Foi assim construir as primeiras turmas de aceleração. Tínhamos dúvidas quanto ao nome, mas certeza quanto à idéia, ao horizonte, à utopia: construir uma prática educativa efetivamente comprometida com a mudança. Daí a necessidade de fazer algo com relação às milhares de crianças brasileiras que ficam ano após ano nos fundos da sala de aula, silenciosas, olhares vagos, indiferentes ou então tidas como "violentas", "agressivas", aptas para o caminho da reprovação ou evasão. Os que, segundo Arroyo (1997) já chegam à escola reprováveis.

Nós estamos enfrentando esta dor; sabemos que este é um desafio de um governo, do professor e também do aluno.

Quando iniciamos em 1998, diagnosticamos 657 crianças com mais de 9 anos sem saber ler e escrever e que estavam há vários anos na 1ª ou 2ª série/ representando 16,42% do total de alunos da destas turmas. "Com a implementação do 1º ciclo envolvendo crianças de 6,7 e 8 anos essas 657 crianças foram enturmadas na 3ª série e no outro período voltavam à escola no atendimento que chamamos de aceleração da aprendizagem". (Revista Educação com participação Popular, SMED/2000, p. 14).

Ainda no ano de 1998, iniciamos um amplo processo de mudanças na Rede Municipal de Ensino, das quais podemos citar a EJA (Educação de Jovens e Adultos) que praticamente não existia e que hoje é uma política de referência para o Estado, onde mais de 25.000 matrículas foram oferecidas nos últimos 7 anos; A Educação Infantil, que ampliou o atendimento em mais de 70% passando de 3.252 para 6.090 crianças de 0 – 6 anos; e o ensino fundamental, que passa para 9 anos e reorganiza todo o olhar do ponto de vista da concepção, metodologia e avaliação.

Além de todas estas mudanças creio que hoje, nós educadores, temos uma leitura de mundo muito mais ampla, crítica e não aceitamos qualquer coisa. Estamos exercitando na prática o direito de ser exigente e o direito de pensar, de ser diferente.

Esta mudança que vem acontecendo em nós educadores e educadoras, é que vem possibilitando mudar o olhar sobre a criança, o adolescente, o jovem. Pois, na escola tradicional, "damos" nossa aula e não percebemos o que temos em formação, portanto, a aprendizagem não pode ser técnica, abstrata e distante, ela envolve emoção e empatia (vínculo) por parte do grupo, do educador e de todo contexto escolar, levando-se em conta sujeitos, contextos e processos. Diz respeito à relação entre pessoas, objeto e contexto e também ao compromisso político do educador e da escola como um todo.

Por isso, nestes 6 anos de experiência, de história e de tentativas, com contradições, avanços e limites, fomos mudando termos, reorganizando turmas, mas sempre com muita clareza de onde queremos chegar.

Hoje, as classes de aceleração já não existem. Superamos conceitos, avançamos na organização dos ciclos de formação, a defasagem idade série praticamente desapareceu. O que atualmente temos são as turmas de progressão.

Como o próprio nome sugere, progressão indica proguedir, avançar e, para a realidade da proposta pedagógica da Secretaria Municipal de Educação de Chapecó, implica na garantia do direito de aprender a todos os alunos e alunas da rede. A progressão não é mera substituição às classes de aceleração. Trata-se de observar as necessidades específicas de crianças com diferentes experiências de vida e cuja aprendizagem escolar requer cuidados maiores, como o atendimento individualizado a alguns limites no processo de apropriação e construção do conhecimento, entendido como ferramenta fundamental para o exercício da cidadania ativa. Trata-se de um programa que observa demandas de aprendizagem específica na passagem de um ciclo para outro.

Em torno de 562 alunos, não somente de pós-primeiro ciclo, mas em todo os 9 anos do Ensino Fundamental, ou seja, progressão pós-primeiro ciclo, progressão pós-segundo ciclo e progressão pós-terceiro ciclo; de um total de 11.350 alunos. Estamos conseguindo ano após ano reduzir a evasão (em 2002 o índice foi de 1,24%), estamos construindo uma política pública de educação especial, seja através de uma escola de surdos (Pré-escola – Ensino Fundamental – EJA), através de turmas especiais na rede regular, ou de convênios com APAE, CAPP (Centro Associativo de Atividade Psicofísica Patrick), e do atendimento no SAPS, etc.

Tenho consciência de que ontem a aceleração, hoje a progressão, amanhã... são respostas ou tentativas legítimas de um governo que tem como eixo central a inclusão de todos, entendida como acesso, permanência e aprendizagem.

Isto não significa que só existe "uma" ou "a" alternativa, mas que estamos construindo a responsabilidade ética para com os educandos. Isto representa algo que os números não conseguem traduzir. E hoje a pergunta que mais me faço é o que fazer para perceber que o mundo não é só escola? Como compreender que a linguagem e o pensamento não podem ser únicos? Ou onde está escrito que temos que chegar todos ao mesmo ponto final? Muitas perguntas. Algumas respostas. Enquanto houver perguntas continuamos, pois a dúvida é o ar que movimenta a vida de um educador.

O livro *Aceleração da Aprendizagem – de quem?* traz uma contribuição fundamental para esta rede de ensino à medida que, entre outras tantas questões, nos ajuda a compreender quem são as crianças com as quais trabalhamos, o que significa e que implicações pedagógicas decorrem da crença de que o ser humano – incluindo nós educadores e os alunos e alunas –, se forja em relações sociais, mediados pela cultura, é um sujeito concreto como sugere a autora.

Na intimidade que me liga a esta obra e à autora, quero enfatizar: tenho certeza "Sola" que este livro é de fundamental importância para quem quer continuar sendo educador(a).

Luciane Carminatti
Secretária Municipal de Educação de Chapecó

INTRODUÇÃO

O enfrentamento do fracasso escolar tem sido, historicamente, preocupação de diversas iniciativas práticas por parte dos órgãos governamentais responsáveis, bem como problemática de estudo de diversos pesquisadores/professores. Hoje, essa temática torna à baila no debate educacional através do Programa de Aceleração da Aprendizagem proposto pelo Ministério da Educação e Cultura e amparado pela LDB 9394/96, com a finalidade primeira de recuperar o atraso idade/série de um significativo contingente de alunos, no mais das vezes pertencentes à rede pública de ensino. Conforme fonte do próprio MEC, o programa considera a existência, hoje, de 68,7% de alunos com alguma distorção entre a idade e a série que freqüentam[1].

Muito embora trate-se de uma proposta pedagógica de caráter pragmático, tal programa tem suscitado uma série de debates e mesmo, por conta das mal logradas experiências anteriores com políticas de superação do fracasso escolar, sido alvo de críticas, sobretudo, por parte de professores que estão diretamente nas salas de aula, mas também daqueles comprometidos com a pesquisa neste campo como sugere a manifestação de Patto (1998, p. 31):

> Confesso que me preocupo sempre que tenho notícia de mais uma reforma educacional. Evidentemente, não pelo desejo legítimo que às vezes pode

mover as autoridades de melhorar a escola pública. Temo pela freqüência com que ocorrem, pela diversidade de orientações que se sucedem (muitas vezes, opostas) e pelos problemas de concepção e de implantação que geralmente contém. Segundo nossa experiência como pesquisadores, tudo isso vai formando camadas de resíduos de reformas educacionais sucessivas, restos estes que vão esterilizando o solo da escola e tornando os professores descrentes e avessos à idéia de mudança de seu dia-a-dia institucional.

Entretanto, a compreensão dessa questão exige mais do que um posicionamento contra ou a favor. Impõe, em certa medida, uma leitura e uma reflexão caracterizadas pelo olhar crítico, atento e, sobretudo, mediado por uma leitura da história social onde engendraram-se sucessivas formas de superação do fracasso escolar que mais serviram para dar legitimidade e construir a hegemonia dos padrões burgueses do que propriamente para mudar a direção dos encaminhamentos pedagógicos. O que significa dizer que o programa de aceleração da aprendizagem carece, sobretudo, ser situado no interior do conjunto de relações sociais, políticas, econômicas e culturais que, entre outros, perpassam os processos educativos e, no bojo dos conflitos e do movimento histórico, permitem a construção de visões hegemônicas na sociedade e na escola.

Essa postura sugere, então, a busca de entendimento desse programa a partir das novas demandas impostas à educação. A primeira é a mudança nos paradigmas de produção e relações de trabalho, a partir do advento da microeletrônica e dos sistemas japoneses de organização das relações de trabalho passam a requerer um novo perfil de mão-de-obra com competências cognitivas como flexibilidade, criatividade, rapidez no uso da racionalidade, criticidade em relação ao produto, autonomia e decisão. A segunda refere-se ao reordenamento das políticas internacionais de financiamento da educação, deliberadas por órgãos como BIRD e FMI, que vêm obrigando os países a um investimento efetivo e massivo na educação básica como critério de manutenção de crédito. "A educação primária, que até a metade dos anos 70 participava com apenas 1% dos créditos do Banco, passa a contar com 43% nos anos 80" (BIRD, 1980 e 1990 *apud* FONSECA, 1995, p. 172).

Ocorre que esse processo de novas demandas no campo educacional trouxe à tona, de modo mais explícito do que vinha ocorrendo, as deficiências educacionais do país. Por um lado, a falta de vagas que implica na falta de prédios escolares e, por outro, os altos índices de reprovação que culminam com uma ocupação excessiva de vagas por alunos multirrepetentes. Vagas que deveriam ser ocupadas pelos alunos ingressantes na educação elementar acabam ocupadas pelos repetentes e multirrepetentes. Dados do MEC indicam índices de cerca de 40% de reprovação no período de 1ª a 4ª série, aumentando significativamente de 5ª a 8ª série[2].

Outros estudos como os demonstrados por Mello (1995) e Ribeiro (1993), revelam que o Brasil, em face de uma cultura pedagógica da repetência, gasta em média 20 anos para formar um indivíduo com 8 anos de escolaridade. O que na relação custo-benefício representa um alto investimento com prejuízo no retorno do mesmo, cuja característica consistiria na formação necessária do indivíduo às demandas de mercado.

Por seu turno, o processo de reorganização da economia de mercado orienta-se pela retomada neoliberal perfilada com facetas de ordem simbólica, alinhada a uma linguagem sofisticada que, pode-se dizer, desenha *zonas de brilho e de penumbra*[3], jogando, nesta última, todos os elementos que consideram prejudiciais à ordem liberal. Logo, uma leitura de cunho crítico não pode prescindir da existência de interesses de classe, que se embatem tanto na arena político-econômica, quanto na arena educacional.

Essa teia de relações, sumariamente esboçada, constitui o terreno contextual donde emerge o programa que propõe acelerar o processo de aprendizagem de alunos com defasagem idade/série. Uma tentativa, talvez, de melhorar os índices estatísticos da educação e adequar o país ao moldes dos organismos financiadores internacionais; de melhor adequar o sistema de ensino ao processo de produção; ou quiçá, de extinguir a reprovação como mecanismo de punição, de superação das concepções medicalizantes das dificuldades dos alunos, e de explicitação da participação da escola e do sistema como palcos de produção do fracasso escolar, visando uma efetiva mudança dessa cultura.

É na direção desta última tentativa que o presente trabalho caminha. Por se tratar de uma medida pedagógica pragmática, a proposta de aceleração da aprendizagem se coloca na escola, por um lado sob a perspectiva liberal de educação, e, por outro, também pode constituir-se em espaço de viabilização de projetos alternativos, não apenas para a questão específica de classes de aceleração mas para o processo educativo da escola como um todo. Ou seja, à medida que se concebe a escola como espaço de coexistência de diferentes concepções de mundo, homem e sociedade, e de disputa e conflito permanente, parece possível prever que a aceleração da aprendizagem pode constituir-se como mais um terreno de disputa de perspectivas diversas de organização pedagógica. E, nesse sentido, permite apostar na possibilidade de, mediante um novo encaminhamento teórico-metodológico, constituir-se numa práxis pedagógica efetivamente alternativa, sobretudo no que se refere aos procedimentos pedagógicos dirigidos aos alunos pobres.

Essa compreensão, a grosso modo, marca um dos pólos do interesse pela temática em debate. O outro ponto de interesse pelo tema aceleração da aprendizagem, tem origem no trabalho desencadeado pela Secretaria Municipal de Educação de Chapecó (SC) cujo Projeto Político-Pedagógico construído com a rede a partir do ano de 1997 – início da administração da Frente Popular –, culmina, em 1998, com a opção pela organização do sistema municipal por ciclos de formação. Uma tentativa de superação da excludente forma seriada. Aliada à discussão em torno da implementação dos ciclos de formação, encontrava-se a idéia de construir uma pedagogia voltada aos interesses populares, efetivamente capaz de constituir-se como ferramenta de mudança, tornando cada escola um centro de articulação e organização das comunidades, valorizando o saber dos alunos, resgatando a história e a identidade sociocultural das crianças, adolescentes, jovens e adultos.

Evidentemente, a implementação do sistema por ciclos de formação não se deu de forma linear, tampouco harmônica. O momento inicial caracterizou-se muito mais pela angústia, pelo medo e pelo conflito que se mostrava sob pelo menos dois aspectos: pela oposição de caráter político-partidário presente na categoria docente que, muito embora não revelasse explicitamente, empenhou todas as forças no insucesso da proposta; pelo desafio que se colocava para a equipe coordenadora do processo que tinha muito claro o que não queria, mas muitas dúvidas sobre como proceder a construção de uma proposta emancipatória em educação. A busca de outras experiências neste sentido, o estudo e o compromisso político com uma escola popular, constituíram os primeiros passos na direção dos ciclos de formação.

Desse modo, os ciclos se desenharam tendo como referência inicial a idade dos alunos[4]. Ainda assim, considerando o início da caminhada, optou-se pela implementação gradativa viabilizando o funcionamento, inicialmente, apenas do primeiro ciclo, onde agrupariam-se crianças de 6, 7 e 8 anos. No bojo desse processo emergem as crianças com defasagem idade/série para as quais se destinaria o programa de aceleração da aprendizagem.

Vale destacar que o programa de aceleração da aprendizagem em estudo, não segue, em nenhum momento, as diretrizes da proposta do MEC. Antes, pelo contrário, o referido programa norteia-se pelos princípios do Projeto Político Pedagógico válido para toda a rede municipal em questão[5]. Trata-se, pois, de caminhos diferentes, visando pedagogias também diferentes à medida que, no caso em estudo, explicita-se a opção política por um projeto não apenas de escola, mas de sociedade, de perspectiva popular – sem ser populista –, democrático e emancipatório.

As crianças com defasagem idade/série materializam em seus corpos a ferida social e histórica do fracasso escolar. A grosso modo, o que se assistiu com a implementação de programas destinados a combater o fracasso escolar, caracterizou muito mais a produção e consolidação de preconceitos em torno do processo de aprendizagem dessas crianças. Se por um lado a compreensão do programa de aceleração da aprendizagem demanda uma leitura a partir das relações de produção, trabalho, cultura, política e economia, por outro, suscita também uma retomada da reflexão em torno dos componentes psicológicos envolvidos no processo de ensino e de aprendizagem. Ou seja, o modo como se concebe o sujeito para o qual se dirige a proposta de classes de aceleração – o aluno pobre, pode estar fornecendo subsídios tanto numa perspectiva de aprendizagem, quanto noutra.

Na perspectiva emancipatória e popular da secretaria em questão, não cabem paliativos que reduzam o processo de ensino e de aprendizagem a um ato mecânico, onde todos são considerados iguais e onde o não aprender possa ser explicado somente a partir do sujeito aprendente. Entretanto, a diferença não se reduz a cada indivíduo tomado isoladamente, mas a indivíduos que, ainda que únicos, compartilham de processos sociais, culturais e de uma história, cujas marcas ajudaram a construir a subjetividade de cada um. Nesse sentido, conhecer quem é o aluno em processo de aceleração da aprendizagem passa a ser condição *sine qua non* tanto para a desmistificação dos preconceitos instalados em torno da capacidade de aprender – manifestações concretas da psicologia diferencial de base positivista – quanto do desencadeamento de diretrizes políticas no âmbito educacional em debate. Saber quem são as crianças em processo de aceleração da aprendizagem passa a ser, então, a preocupação central desse trabalho.

Acelerar a aprendizagem de alunos com defasagem idade/série, tendo em vista superar não só os dados estatísticos que indicam o prejuízo causado pela cultura da evasão e repetência não constitui tarefa tão simples, sobretudo, fazer do Programa de Aceleração da Aprendizagem um elemento efetivo de resgate da cidadania ativa. E ainda, que, ao mesmo tempo, coloque à ação educativa a possibilidade concreta de despir-se dos inúmeros preconceitos presentes no cotidiano escolar referentes à aprendizagem e que acabam materializando-se na exclusão de meninos e meninas da escola. Isso exige mais do que a boa intenção de realizar um trabalho alternativo em educação. Exige conhecer o aluno com o qual se está trabalhando, saber quem é e como se constitui esse sujeito cuja aprendizagem deverá ser acelerada. Não é possível transformar ou mesmo interagir com o que não se conhece.

Entretanto, conhecer não se limita apenas em descrever o aluno que participa do programa de aceleração da aprendizagem, ou observar aquilo que é capaz de fazer como uma capacidade particular de aprender. Essas são marcas típicas da empiria que marcou a pedagogia nos últimos tempos e que traduzem um sujeito empírico, universalizado. Mas, por certo, trata-se de um pré-requisito fundamental para o desenvolvimento de políticas educacionais voltadas ao atendimento qualitativo como característica principal de uma escola democrática e com qualidade para todos.

Com essa preocupação, o presente estudo, valendo-se da vivência de uma experiência específica de implementação de um programa de aceleração da aprendizagem, desencadeado pela Secretaria Municipal de Educação de Chapecó – Santa Catarina, busca desenvolver uma reflexão em torno de dois eixos principais: uma contribuição crítica ao programa de aceleração da aprendizagem como proposta pedagógica pragmática entendida no interior de uma conjuntura política; e uma leitura dessa proposta a partir da noção de que o indivíduo para o qual se dirige constitui-se enquanto indivíduo concreto, forjado nas relações sócio-históricas em que se insere. Para tanto, realiza uma caracterização empírica do aluno em processo de aceleração e se desenvolve mediado pela leitura teórica de base histórico-cultural.

O desenvolvimento de uma reflexão crítica, pautada na história e na dialeticidade do movimento social e educacional, impõe, para um primeiro momento do trabalho, a discussão em torno do significado da aceleração da aprendizagem como proposta de superação do fracasso escolar no processo histórico, bem como, uma contextualização da temática e do problema que, aos olhos do presente estudo, ela suscita.

O segundo capítulo caracteriza-se por uma reflexão de ordem teórico-metodológica onde se explicita a concepção e a leitura realizada em torno do significado do processo de ensino e de aprendizagem. Aponta-se as categorias fundamentais da pesquisa traduzidas pela análise de um indivíduo como sujeito humano forjado na multiplicidade das relações sócio-históricas e culturais e pela pragmaticidade da proposta de aceleração da aprendizagem de crianças com defasagem idade/série. Ou seja, uma reflexão em torno da aprendizagem propriamente dita, de modo a fornecer elementos para colocar a questão de como se dá a aprendizagem no processo de aceleração, na perspectiva teórica colocada.

O terceiro capítulo do trabalho coincide com a descrição do cenário onde ocorre a pesquisa; traz o contexto histórico em que se forjam os indivíduos (objeto) deste estudo.

No quarto capítulo encontra-se a descrição e análise dos dados que retratam o sujeito concreto da pesquisa, fazendo-se referência às condições reais de existência: família, trabalho e escola e à percepção que os sujeitos possuem das condições de vida nas quais se inserem.

Por fim, o esforço de uma análise dos dados como possível contribuição a uma reflexão comprometida com a superação do fracasso escolar de crianças pobres. A análise procura explicitar uma leitura possível da realidade observada e levantar elementos que tornem visíveis as formas de preconceito que se transformaram em cultura pedagógica da não-aprendizagem desses sujeitos humanos. E que também permitam perceber os espaços contraditórios que carecem ser ocupados, ampliados e consolidados em favor de uma nova pedagogia para uma sociedade onde, além de comer e beber, vestir e morar (Marx), se torne possível participar e transformar.

01

Sobre a aceleração da aprendizagem

Amparados pela legislação de educação vigente[1] pipocam por todo o país, atualmente, programas de aceleração da aprendizagem de crianças e adolescentes que apresentam defasagem entre a idade que possuem e a série que freqüentam. Esses programas, no entanto, como as ações gerais da educação, são perpassados por perspectivas político-pedagógicas distintas que acabam por caracterizar perfis particulares para cada lugar onde o evento ocorre[2].

Entretanto, não constitui preocupação central deste estudo uma análise acerca das concepções político-pedagógicas norteadoras de tais programas. Para os fins propostos, torna-se fundamental uma leitura que permita contextualizar a proposta enquanto um encaminhamento pragmático definido no interior de uma política oficial de ensino, também permeada por diretrizes específicas direcionadas para o atendimento de demandas definidas a nível de projeto social mais amplo. Cabe também situar a proposta de aceleração da aprendizagem que constitui o objeto deste estudo: suas linhas, suas diretrizes, sua opção política em termos de projeto de sociedade e de escola.

A ACELERAÇÃO DA APRENDIZAGEM NO CONTEXTO HISTÓRICO DE PRODUÇÃO DO FRACASSO ESCOLAR: UMA LEITURA INICIAL

Em que pese as diferentes facetas inerentes aos programas de aceleração da aprendizagem que hoje emergem em todo o país, a temática sugere um debate profícuo em pelos menos dois eixos fundamentais: a compreensão da gênese do fracasso escolar no interior da lógica da sociedade de mercado, e o modo como se concebe o processo de aprendizagem do sujeito humano. A grosso modo, pode-se dizer que fracasso escolar, concepção de aprendizagem e sociedade de mercado constituem elementos de um mesmo cenário político que, ao longo da história da educação, estiveram implicados um no outro, como elementos de sustentação do projeto social que se constituiu hegemônico a partir das revoluções burguesas.

Sobre o primeiro eixo, e nos limites da presente reflexão, é possível compreender a lógica que permeia o fracasso escolar, sobretudo das crianças e dos jovens pobres, tendo como ponto de partida as revoluções burguesas de ordem capitalista (francesa e inglesa) donde emergem novos modos de produzir, distribuir e pensar a organização social, os valores e os comportamentos adequados ao sucesso da sociedade emergente.

Mais recentemente, no mesmo cenário do capitalismo em movimento, surge uma nova demanda em termos educacionais a partir do advento da microeletrônica e das mudanças promovidas no processo de produção, nas relações de trabalho e na necessidade de colocar-se no processo de competitividade internacional implementado pela globalização como mais uma política de caráter neoliberal.

Com relação ao primeiro ponto deste eixo temático proposto – a implementação da sociedade de mercado liberal –, é sugestivo iniciar pela tese de que o advento do modelo capitalista significou, segundo Hobsbawm (1982) uma revolução sem precedentes na histôria, comparável aos momentos de grandes conquistas da humanidade, como a invenção da agricultura e da metalurgia, da escrita, da cidade e do Estado. Em suma, complementa Patto (1996, p. 11), o capitalismo mudou a face do mundo:

> [...] até o final do século XIX praticamente varreu a monarquia como regime político, destituiu a nobreza e o clero do poder econômico e político, inviabilizou a relação servo-senhor feudal enquanto relação de produção dominante, empurrou grandes contingentes de populações rurais para os centros industriais, gerou os grandes centros urbanos com seus contrastes, veio coroar o processo de constituição dos estados nacionais modernos e engendrou uma nova classe dominante – a burguesia – e uma nova classe dominada – o proletariado.

A burguesia amplia sua hegemonia respaldada pelo ideário liberal de igualdade, liberdade e fraternidade decantado desde a revolução política francesa. Contudo, vale lembrar, que para esta classe e este pensamento (liberal), a igualdade como princípio revolucionário não preconiza uma sociedade onde as injustiças sociais serão superadas tendo em vista a distribuição igualitária dos bens materiais e culturais. Trata-se, sim, de justificar as desigualdades sociais sem colocar em xeque a tese da existência da igualdade de oportunidades na ordem burguesa como ordem social substituta da sociedade feudal, esta sim considerada injusta.

> No nível das idéias, a passagem sem traumas da igualdade formal para a desigualdade social real inerente ao modo de produção capitalista dá-se pela tradução das *desigualdades sociais* em *desigualdades raciais, pessoais ou culturais*. Filósofos e cientistas vão-se encarregar destas traduções, contribuindo, no decorrer do século XIX, para a constituição da burguesia enquanto classe hegemônica (PATTO, 1996, p. 29) (grifo nosso).

A partir de então, a classe dominante, amparada pelo pensamento liberal e pela ciência positivista, cuidadosamente, cria as condições materiais e culturais para sua própria manutenção e reprodução. Mesmo a psicologia científica pautada na teoria da evolução natural e na reificação da ciência, cumpre, a partir do advento burguês, segundo Patto (1996), sua primeira tarefa social:

> [...] descobrir os mais e os menos aptos a trilhar 'a carreira aberta ao talento' supostamente presente na nova organização social e assim colaborar, de modo importantíssimo, com a crença na chegada de uma vida social fundada na justiça. Entre as ciências que na era do capital participaram do ilusionismo que escondeu as desigualdades sociais, historicamente determinadas, sob o véu das supostas *desigualdades pessoais*, biologicamente determinadas, a psicologia certamente ocupou lugar de destaque (PATTO, 1996, p. 36) (grifos da autora).

Esse papel cumprido pela psicologia no movimento da sociedade capitalista, permite retomar o segundo eixo dessa reflexão, pois, paralelamente à tarefa de indicar os mais ou os menos aptos ao sucesso, desenvolveram-se concepções acerca do modo como o ser humano aprende, no mais das vezes, ligado, ora a fatores de ordem endógena, ora a fatores de ordem exógena. São bem conhecidas as pesquisas fundamentadas na abordagem da psicologia diferencial que, entre outras questões, procuraram comprovar a existência de um coeficiente de inteligência passível de ser medido, um desgosto natural dos pobres pela escola, uma dificuldade natural de aprender instalada nas populações de raças consideradas inferiores. Neste sentido, as explicações para o fracasso escolar das crianças da classe trabalhadora reduziram-se a fatores inerentes às condições individuais, determinadas por questões ora inatas, ora ambientais.

Para a escolha dos mais aptos, a escola contou, entre outros, com o auxílio da psicologia positivista, cuja tarefa resumiu-se na descrição empírica do sujeito da aprendizagem. Uma descrição que, seguindo os princípios do pensamento positivista, adquire um caráter de universalidade valendo para toda e qualquer realidade social e cultural.

Conceber o aluno como sujeito empírico, que aprende por associação, ou como indivíduo que, a exemplo de outras espécies animais, responde a estímulos imediatos do meio e, portanto, subordina-se à modelagem comportamental produzida por tais estímulos, parece ter sido um importante limite das políticas educacionais desencadeadas para a superação do fracasso escolar das crianças e jovens pobres. O pressuposto norteador de programas como o apoio pedagógico e mesmo a recuperação paralela, na maioria das vezes, revelou práticas pedagógicas imediatistas e mecanicistas que, ainda que ingenuamente, na maioria dos casos, reduziram o aluno à condição de sujeito passivo, que padecia de um desnível de conteúdo e que, por isso, necessitava ser nivelado.

Um dos resultados desse processo pode ser sentido através dos dados estatísticos da evasão e repetência que colocam o país em destaque, no rol dos que possuem uma das piores políticas educacionais do mundo. E, quando o país se vê na iminência de perder os financiamentos internacionais no âmbito da educação, quando a falta de escolaridade da população reflete diretamente na capacidade de competitividade do seu produto no mercado globalizado, e quando as relações de produção e trabalho passam a demandar um perfil humano com novas e mais sofisticadas habilidades cognitivas, tornam-se explícitos os problemas relativos à ocupação "indevida" de vagas. Com isso, coloca-se no debate público a necessidade de superar a problemática da desfasagem idade/série. Daí a emergência de uma proposta pragmática com o fim de "acelerar" a aprendizagem dos "defasados".

Alguns educadores, como Mello (1995), destacam – entre os fatores de ordem prática, como a construção de prédios escolares para abrigar o fracasso escolar –, os efeitos perversos que o processo histórico de produção deste provocou sobre a auto-estima de milhares de crianças e jovens brasileiros. Entretanto, é mister advertir para o fato de que, em torno da recuperação da auto-estima podem estar se justificando a implementação de programas. A aceleração da aprendizagem constitui-se num deles, embasados, novamente, numa perspectiva empírica de ser humano, segundo a qual a mera valorização de ações individuais garante a recuperação da auto-imagem das crianças às quais se dirigem os referidos programas.

Em que pese o esforço de inúmeros educadores, pelo Brasil a fora, empenhados nessa tarefa, há que se lembrar que essa proposta traduz muito mais uma necessidade emergencial e por isso não procura desvendar os motivos que produziram os milhares de alunos com defasagem idade/série. Sequer se ouve falar que essa mesma defasagem representou, em idos bem recentes, uma *vantagem comparativa* para o país em termos de competitividade do produto nacional no mercado internacional. Quando ela caracterizava uma mão-de-obra abundante e desqualificada, mas que significava menor custo final no produto, não se falava da necessidade de acelerar a aprendizagem. Entretanto, à medida que mudam as relações na velha lógica do mercado, agora globalizado, essa desqualificação passa a representar uma *desvantagem comparativa*. Logo, há uma necessidade de superar esses limites[3].

Esse processo sugere, entre outras questões, a leitura de que o fracasso escolar como espaço de reprodução dos valores sociais dominantes serviu também à formação de um significativo contingente de mão-de-obra desqualificada que, no bojo da competitividade imposta pela lógica de mercado, significou durante muito tempo uma vantagem inerente ao produto a ser comercializado internacionalmente. Visto que, a abundância de mão-de-obra desqualificada adequava-se perfeitamente ao modelo de produção de base elétrica, caracterizado pela rigidez no processo de produção, pela estocagem de produtos em larga escala. Serviu também ao modo de gerenciamento e organização da produção e das relações de trabalho de base fordista-taylorista, à medida que a baixa escolaridade impunha uma condição de subserviência à hierarquia existente na fábrica, fazendo do trabalhador um apêndice da máquina, um repetidor de operações mecânicas que pouco exigiam em termos de habilidades cognitivas mais sofisticadas. Interessante notar que o mesmo processo que representa um avanço tecnológico na produção – fruto do trabalho e, portanto, do desenvolvimento intelectual do homem – constitui também o processo que reduz o homem à coisa, à medida que impede muitos homens de criar, impondo-lhes a condição de fazedores mecânicos de produtos. Caracteriza-se desse modo, o fenômeno da alienação do trabalhador tanto do produto que produz quanto do processo instituído como base de produção e, ampliando, alienação do movimento da sociedade na qual se insere, simplesmente, como trabalhador. Neste sentido,

> Chega-se a conclusão de que o homem (o trabalhador) só se sente livremente activo nas suas funções animais – comer, beber e procriar, quando muito na habitação, no adorno, etc. – enquanto nas funções humanas se vê reduzido a animal. O elemento animal torna-se humano e o humano animal (MARX e ENGELS, 1975, p. 162).

Logo, pode-se dizer, para o modelo capitalista de produção, que a baixa escolaridade – que não é mérito apenas dos que fracassam na escola, mas inclusive dos que nela permanecem pelo menos até concluírem o ensino fundamental – traduz vantagem em pelo menos dois sentidos: o primeiro refere-se à capacidade de competitividade do produto já referido anteriormente; o segundo é o que garante o saber como meio de produção nas mãos da classe dominante. Isto é, o saber que promove o avanço científico e tecnológico, o saber criador pertence a quem detém o mando econômico, político e ideológico. Vale lembrar com Saviani (1994) que para o modelo capitalista, a propriedade privada dos meios de produção constitui princípio fundamental. Sendo o saber considerado meio de produção, na lógica colocada, deve permanecer com a classe que os detém. Nesta perspectiva, a distribuição do saber passa, necessariamente, pela necessidade de controle de uma quantidade equivalente às demandas colocadas pela organização do modelo de produção.

Mesmo sob a pressão das massas populares, por escolaridade, o capitalismo manteve-se, sobretudo nos países periféricos, dosando quantidades de educação que atendessem as suas necessidades enquanto modelo hegemônico. Assim, o produto final esperado da produção escolar em série, por exemplo, é um homem completamente adequado ao funcionamento da sociedade capitalista. Segundo Saviani (1994), teóricos como Adam Smith afirmavam que a educação para os trabalhadores era importante à medida que facilitava sua adesão à vida em sociedade. É atribuída a ele a famosa frase: *"Instrução para os trabalhadores, porém, em doses homeopáticas" (SAVIANI, 1994, p. 156)* (grifos do autor). Quer dizer, é preciso um mínimo de instrução para os trabalhadores e este mínimo é positivo para a ordem capitalista, mas, ultrapassando esse mínimo, entra-se em contradição com essa ordem.

Nessa lógica, a evasão e repetência (exclusão e fracasso escolar), muito embora tenham constituído preocupação central das falas oficiais, e mesmo de inúmeras pesquisas[4] permaneceram na *zona de penumbra*[5], mesmo porque não representavam qualquer ameaça ao processo de produção e acumulação burguesa.

Entretanto, à medida que se instalam novos e mais sofisticados processos de produção, marcados pelo advento da microeletrônica e pelos modelos de gerenciamento flexíveis, advindos, sobretudo, da concepção toytista e que representam a incorporação, pelas máquinas, de significativa parcela da inteligência humana, emergem também novas demandas – ou um novo *quantum* – em educação. O perfil de trabalhador de outrora não dá conta das novas exigências colocadas pelo mercado globalizado.

No novo cenário político e econômico "[...] os países, cujas populações estão instruídas, levarão uma vantagem crescente em relação àqueles com baixo nível de escolaridade formal, na inevitável competição global que se produzirá" (RIBEIRO, 1990, p. 64). Isso porque, segundo acrescenta o mesmo autor,

> As habilidades cognitivas, necessárias a essas novas realidades produtivas, não são mais aquelas clássicas da especialização e do treinamento profissional específico, mas a agilidade de raciocínio mental e formal que só é desenvolvido a contento na infância e na adolescência. [Mais adiante o autor comenta

sobre o fato de que] as novas habilidades cognitivas não são demandas apenas da força de trabalho, mas '[...] também os consumidores terão que exercer sua capacidade cognitiva, mesmo como meros consumidores' (RIBEIRO, 1990, p. 64).

Uma capacidade humana que já não pode estar limitada à hierarquia característica dos modelos de produção de base técnica fordista-taylorista[6], tampouco à rigidez do processo produtivo inerente a esse modelo. Necessita, sobretudo, caracterizar-se pela flexibilidade na reflexão e na ação, pela rapidez de soluções acompanhada de uma lógica antes pouco ou nunca solicitada com tanta veemência pelo modelo produtivo. As novas habilidades cognitivas requeridas pelo mercado de trabalho estão, pode-se dizer, diretamente ligadas aos novos processos de organização da produção e das relações de trabalho. É elucidativa, neste sentido, a reflexão realizada por Segnini (1992) ao colocar que as novas exigências em termos de qualificação do trabalhador

> [...] referem-se à nova forma de uso da força de trabalho referentes às inovações tecnológicas e organizacionais. Para tanto, o trabalhador necessita de maior grau de escolaridade do que lhe foi solicitado pelo taylorismo. Por esta razão, a palavra de ordem do capital, nos dias atuais, é: educação já! [...] A velha discussão em torno da relação educação e trabalho se recoloca: educar o suficiente (e não mais!) para a produção. Neste sentido, qual é o quantum de educação que a produção necessita para o trabalhador? (SEGNINI, 1992, p. 66).

O *quantum* de educação pode ser uma referência ao aumento da *dose homeopática* na justa medida das necessidades do modelo capitalista, agora reorganizado pelo processo de globalização da economia.

Como parece ficar claro, o processo de rápidas transformações hoje vivenciado se dá, por um lado, pela mudança na base técnica de produção que passa da eletromecânica, caracterizada pela rigidez na forma de organização do trabalho e da produção, para a microeletrônica que, por processos de automação flexíveis (informática), promove uma mudança significativa nos processos de produção à medida que possibilita a diferenciação dos produtos e, com isso, o atendimento da demanda de consumo inerente ao mercado internacional. Por outro lado, essa mudança de base técnica requer um trabalhador melhor qualificado, com novas e mais sofisticadas habilidades cognitivas. A revolução tecnológica e a reorganização dos processos de produção ficam inviabilizadas frente à mão-de-obra desqualificada[7].

Assim, se antes a organização da escola seguia os padrões rígidos do modelo produtivo de produção seriada, agora a flexibilidade do processo produtivo demanda o desenvolvimento de atividades voltadas para o trabalho em grupo e à cooperação. Isso porque "[...] a responsabilidade produtiva é mais coletiva [...] e a empresa necessita responder rapidamente as demandas do mercado. O que é favorecido pelo trabalho cooperativo e em grupo" (SENAI, 1994).

É nesse contexto sumariamente esboçado que se pode compreender os motivos de desencadeamento da proposta de aceleração da aprendizagem de crianças com defasagem idade/série.

A um primeiro olhar, amparado pela leitura histórica, pode-se advertir para o fato de que a aceleração da aprendizagem, nos moldes da política oficial de ensino e pelas características do contexto donde emerge, poderá incorrer num (ou mais um) equívoco da política educacional. Ou seja, em termos de solução do fracasso escolar, essa proposta pode, mais uma vez, reduzir-se a um paliativo ou numa pseudo-solução do problema. Duas razões básicas permitem essa análise: a primeira diz respeito ao fato de que novamente, esse programa dirige-se às crianças da classe trabalhadora, no mais das vezes, caracterizadas por toda a sorte de preconceitos em termos de processo educacional escolar. Inclusive, pelo que representam, em termos estatísticos, no atual contexto político e econômico, pois elas são os sujeitos que materializam os dados da evasão e da repetência que têm colocado o país entre os piores em investimentos no ensino fundamental. A segunda razão traduz uma preocupação quanto à concepção inerente ao processo de ensino e de aprendizagem. Trata-se do cuidado, em termos teórico-metodológicos, que tal proposta suscita, pois, se a aceleração da aprendizagem partir do princípio de homogeneização etária como estratégia para melhorar a aprendizagem dessas crianças, seguirá o pressuposto de que tais indivíduos constituem-se de modo empírico, oco, desprovido de saberes e de história. O que, certamente, servirá ao modelo social vigente para o qual, ao que parece, o exercício da cidadania se resume à competência para o consumo[8] e para o alinhamento com políticas de pseudoparticipação.

Entretanto, tendo presente que a escola constitui-se como espaço dialético, de disputa de diferentes projetos de sociedade, torna-se possível a concepção segundo a qual o programa de aceleração da aprendizagem pode, também, materializar-se como espaço de construção efetiva de novas propostas em termos de uma educação de caráter popular. Contudo, vale lembrar que nem mesmo as propostas progressistas de educação estão libertas de concepções de aprendizagem fundamentadas em teorias de base tradicional e conservadora. Neste caso, que ações e que fatores poderiam garantir que este espaço educacional se efetive enquanto espaço de revisão de preconceitos no campo da aprendizagem, de modo a possibilitar uma reorganização do processo de ensino e de aprendizagem da escola como um todo? Que características devem marcar esse processo de aceleração da aprendizagem para que signifique uma outra direção em termos de projeto político social?

Neste sentido, uma ação que parece imprescindível no desenvolvimento de uma proposta de aceleração de aprendizagem é a que define o norte desse programa a partir de um projeto político-pedagógico construído coletivamente e comprometido com a construção de relações sociais democráticas e justas. Que pretenda tanto enfrentar o debate em torno do fracasso escolar das crianças da classe trabalhadora, quanto constituir-se em um espaço de fomento de novas possibilidades para a práxis pedagógica. Mas o desencadeamento de uma política educacional neste sentido, requer procedimentos que marquem suas características na direção desejada. O que implica, entre outras questões, não menos importantes, o desenvolvimento de estratégias que proporcionem o rompimento com concepções tradicionais, ao mesmo tempo em que viabilizem a construção de práticas embasadas no conhecimento e reconhecimento da criança como sujeito humano concreto, isto é, um indivíduo que se constrói nas e pelas relações sociais e históricas; o que sugere o exercício de saber quem são as crianças em processo de aceleração. Não no sentido restrito de descrição empírica de sua condição de vida, mas no sentido amplo de, a partir do levantamento empírico, encontrar os elementos para uma leitura sócio-histórica do indivíduo.

Neste sentido, uma proposta de aceleração da aprendizagem que se caracterize como espaço de construção de novas práticas educacionais, carece se distinguir na direção político pedagógica que dá a tal evento. No caso da proposta em estudo, essa distinção parece existir. Por isso, faz-se necessário elucidar sob que projeto político se objetiva a proposta de aceleração abordada neste trabalho.

DE QUE ACELERAÇÃO SE ESTÁ FALANDO?

A partir do início de 1997, quando uma nova equipe assumiu a Secretaria Municipal de Educação de Chapecó - SC, identificada e comprometida com a construção de uma escola participativa, popular e emancipatória, essa secretaria, através do seu setor pedagógico, desencadeou um processo de construção do Projeto Político Pedagógico norteador das atividades da mesma. A intenção da secretaria era envolver, pelo menos, a grande maioria dos educadores da rede municipal no debate de linhas ou princípios norteadores da política educacional a ser desenvolvida. A caminhada foi desencadeada a partir das direções de escolas, ainda não eleitas como pretendia a equipe coordenadora da secretaria, mas escolhidas pelos trabalhadores em educação presentes nas instituições de ensino. A partir de então, o projeto chega aos professores e começa a se espraiar por toda a rede através de instrumentos de levantamento da realidade, ganhando um aspecto cada vez mais amplo em termos de participação de toda a comunidade escolar: professores, alunos e pais.

Muito embora alguns aspectos dessa caminhada tenham sido revistos, e mesmo avaliados como contraditórios, numa perspectiva democrática de construção da proposta pedagógica[9], a equipe da secretaria conseguiu de imediato provocar mudanças à medida que passou a possibilitar o debate, a reflexão, a crítica e a efetiva construção da proposta. Identificada pelo compromisso político com uma escola voltada aos interesses populares, a secretaria opta por uma metodologia de construção da proposta capaz de garantir o envolvimento da grande maioria dos docentes, chamando para o desafio da construção coletiva, fato inédito até então.

Também foram, e ainda são, muitos os desafios, as críticas recebidas acusando de uma não-diretividade por parte da secretaria. Foram muitas as angústias provocadas pelo fato de não ter mais um mando absoluto da secretaria e pela solicitação de que o professor construísse sua prática a partir das diretrizes do projeto educativo, mas mantendo sua autonomia em termos de planejamento de sua própria ação. Assim, em que pese o desconforto provocado pela mudança de paradigma educacional, iniciou-se o movimento em torno da construção do projeto educativo traduzido pelo nome: *Escola Popular*; com um ideário, uma direção política definida por uma direção oposta ao caráter neoliberal inerente a todo o processo educacional ao longo da história brasileira.

O caminho de construção coletiva levou a reflexão da ação a partir de questões que conduziram a elaboração de um marco de referência do projeto. Entre elas destacam-se: que mundo temos? Que escola temos? Que mundo queremos? Que escola queremos?

A direção dada pelas primeiras questões conduziu ao estudo e análise de elementos favorecedores de uma compreensão em torno do modo como se organiza a sociedade, os processos que ocorrem no interior dessa organização e que promovem mudanças significativas sem que isso signifique mudança de estrutura no modo de produção. O que implicou no entendimento de que, como coloca o próprio texto do projeto em questão,

> [...] o mundo em que vivemos se organiza em torno da lógica de mercado. Isto é, está mais preocupado com a obtenção do lucro a qualquer preço do que propriamente com o bem-estar das pessoas. Em função disso, as pessoas e as coisas deste mundo passam a ser valorizadas na medida em que são aptos à produtividade lucrativa (SMEC, 1997, p. 01)[10].

A busca de uma compreensão mais efetiva acerca do mundo em que vivemos criou a necessidade de caracterizar, o melhor possível, a organização em torno da lógica de mercado. As colocações que se seguem procuram descrever e analisar de modo mais detalhado, ainda que resumido, o entendimento construído a partir da construção do projeto educativo em questão.

Segundo a versão final do projeto (também provisória, visto que este é, em certo sentido, sempre um movimento), não se pode negar a existência de uma sociedade de base mercadológica capitalista e neoliberal. Tal organização passa, na atualidade, por profundas e rápidas mudanças traduzidas pela substituição da base técnica de produção eletromecânica organizada sob o padrão fordista-taylorista, pela base técnica de produção microeletrônica, organizada sob um padrão de caráter flexível conhecido como toyotismo, terceira revolução industrial, entre outros. Traduzida também por alguns valores que, no campo político e social, convergem esforços na direção de convencer a população de que o privado é melhor do que o público, que a ordem é consumir e que as desigualdades sociais são algo natural e de responsabilidade de todos. Negligencia, desse modo, a responsabilidade do sistema capitalista, bem como a possibilidade de mudança desse sistema, "inerente à lógica de mercado desenvolvem-se padrões, valores e conceitos que dão sustentação ao modo como se organiza a produção e a distribuição das riquezas produzidas" (SMEC, 1997, p. 01).

Essas mudanças, especialmente aquelas que se referem à reorganização das relações de produção e de trabalho, têm demandado da escola a formação de um novo tipo de trabalhador. Ou seja, um perfil de trabalhador crítico, criativo e cooperativo que a escola, no modo como está estruturada, tanto em termos físicos quanto pedagógicos, tem dificuldades de formar. Entretanto, a formação desse perfil de trabalhador não garante a ele o emprego de que necessita para viver ou sobreviver. Diante disso, a escola precisa se posicionar em termos de capacitar a mão-de-obra necessária para o competitivo mercado de trabalho ou não. A resposta dada a esse questionamento foi assim formulada pelo grupo:

> Muito embora a demanda de uma mudança em educação não se limite apenas às necessidades da economia de mercado, é preciso considerar este aspecto, mesmo porque, neste momento histórico, esta forma de organização da economia é hegemônica e, quer queiramos ou não, as pessoas vivem nesta sociedade. Por outro lado, essa não deve parecer uma leitura ingênua ou fatalista que nos conduza à compreensão de que esta é a única forma possível de organização da economia. Ao contrário, ela tem a intenção de conduzir à reflexão a partir da noção de sociedade, homem/mulher concreto(a), plenos de história, de contradições, de limites e de possibilidades. O que significa dizer que, ainda que hegemônica, esta sociedade de mercado não é eterna, ela é histórica e processual, passível de transformação por outro processo, igualmente histórico (SMEC, 1997, p. 02).

A escola, por sua vez, não pode negar a necessidade de capacitar o aluno para o mercado de trabalho, hoje em rápida transformação, mas não precisa ficar só nisso, mesmo porque, na dinâmica das relações comandadas pelo projeto neoliberal, o mercado de trabalho ganha uma outra dimensão que não vincula, necessariamente, boa escolaridade com emprego. Muito embora a qualidade de mão-de-obra nos postos de trabalho exija um grau maior de escolaridade tendo em vista a demanda de competitividade do mercado internacional.

Entretanto, a proposta de uma educação popular indica, necessariamente, um caminho para além das relações conservadoras que se travam no interior da escola. Indica uma escola cujo olhar se volta para a parcela da população de quem o direito de freqüentar e permanecer nesta foi historicamente negado. O desafio que se coloca, então, é o de rever os processos pedagógicos promotores da exclusão social e voltá-los para os interesses da classe trabalhadora. Neste sentido, o projeto define um princípio de ação fundamental a partir de uma leitura de classe: "a escola deve estar a serviço dos interesses dos pobres, visando a construção de relações sociais justas e democráticas" (SMED, 1997, p. 02). Ou seja, o projeto aponta para um colocar-se a serviço que é, ao mesmo tempo, ouvir, sentir o que se passa na comunidade onde a escola está inserida e promover um avanço na compreensão de mundo presente nesta comunidade, tendo como referencial o conhecimento historicamente acumulado pela humanidade. Não se trata, portanto, de uma ação não-diretiva, que demagogicamente atende a interesses de comunidades pobres, mas uma ação deliberada de mudança da qualidade de vida, através da contribuição que o conhecimento sistemático, presente na escola, pode dar.

Desse modo, o projeto vai se definindo em termos de uma posição política frente à educação de um modo geral e também com relação à rede municipal de ensino. Ficam cada vez mais claras as diferenças existentes entre os projetos neoliberal de sociedade e de educação, e o desejado pela secretaria, numa lógica inversa a do projeto hegemônico colocado. Assim, a formação de habilidades cognitivas caracterizadas pela criticidade, criatividade, cooperação e rapidez de raciocínio, como quer a lógica de mercado vigente[11], passa a ser, nos termos do projeto educativo em questão, um princípio importante, porém não isolado. A ele são acrescidas habilidades não-requeridas pela lógica de mercado, mas fundamentais, no entendimento do grupo, para a formação de valores culturais numa perspectiva de revolução. O projeto, então, define um perfil de homem crítico, criativo, com capacidade de raciocínio lógico e rápido; mas também capaz de solidarizar-se com a sua classe social. Nas palavras do próprio projeto:

> Numa perspectiva de se contrapor à lógica de mercado e também às estruturas excludentes e autoritárias do atual modelo escolar, a administração popular em conjunto com a Secretaria de Educação e Cultura, propõe uma forma de superação desse quadro, a EDUCAÇÃO POPULAR. Ou seja, a garantia da construção da cidadania das classes populares, o que implica no desenvolvimento de algumas habilidades, valores, hábitos e convicções não requeridos pelo mercado de trabalho, dentre as quais podemos citar: Autonomia intelectual - capacidade de buscar por si (e em grupo) os conhecimentos e informações necessárias para a interpretação dos fatos e fenômenos. Capacidade de formar as próprias opiniões e fundamentá-las. O oposto da 'subordinação intelectual'. Preparação científico-investigativo. Consciência histórica - conhecimento da sua história e da história de seu grupo social; capacidade de compreender que levou a si e a seu grupo social a ser o que é hoje, e, os fatores responsáveis pela sua atual condição de vida. [...] Sensibilidade social - capacidade de perceber, de se sensibilizar e se indignar diante das injustiças sociais e de toda e qualquer forma de exclusão social. [...] Solidariedade de classe - capacidade de compreender a exclusão social como um processo de desapropriação do ser humano, da produção do seu trabalho e cidadania. Reconhecer nos trabalhadores, e nos filhos e filhas dos trabalhadores, seres humanos com direito a vida digna e capazes de construir uma nova história. Exercitar na escola pública o valor da solidariedade, compreendido como o compromisso dos educadores e da comunidade escolar, desenvolver ações que promovam coletivamente a valorização da vida humana e das classes sociais marginalizadas pelo capitalismo. Liderança e ação coletiva - capacidade de unir-se e agir coletivamente; capacidade de tomar a iniciativa de reagir diante dos fatos com ações transformadoras na organização de alternativas de vida. [...] Senso crítico - habilidade, hábito de analisar os vários lados de uma questão. Superação da credulidade. Não aceitar os fatos como dados pela sua aparência. Atitude de busca da essência dos fenômenos. Capacidade de crítica ao projeto social e suas conseqüências. Capacidade de compreender as conseqüências da transformação do processo produtivo (SMEC, 1997, p. 02 - 03).

Esse perfil de homem/mulher de que trata o projeto, além de colocar-se deliberadamente contra a lógica da produção capitalista, pretende se fortalecer à medida que "[...] essa noção fundamental deve perpassar as linhas gerais de atuação da Secretaria da Educação e Cultura, colocada ainda na perspectiva de que nenhum aluno, aluna esteja fora da escola e por outro lado, que todos, todas, aprendam" (SMEC, 1997, p. 03).

A partir das definições do projeto, as ações da rede municipal de ensino caminharam para uma nova organização do espaço pedagógico. Tendo em vista a exclusão histórica inerente ao modelo seriado de escola e do entendimento de que esse modelo é contrário tanto às novas necessidades do mercado quanto, sobretudo, à lógica proposta pelo projeto da SMEC, desencadeou-se um processo de estudos e discussões que culminaram com a opção pela organização da escola em ciclos de formação. Essa modalidade, hoje amparada pela LDB, está em desenvolvimento em outras regiões do país e com resultados significativamente positivos como mostraram Porto Alegre (RS) e Belo Horizonte (MG) em exposições feitas à rede municipal em estudo.

Seguindo o princípio da autonomia pedagógica colocado no projeto, a Secretaria ouviu todas as experiências e a partir de então, tendo presente os propósitos do Projeto Educativo, passou a definir o seu olhar sobre a organização por ciclos de formação. Procurou, desse modo, deixar claro os fundamentos político-pedagógicos desse modelo de organização do espaço escolar. Assim, respeitando a caminhada realizada pelas escolas e a própria caminhada da equipe pedagógica da SMEC, optou-se coletivamente pela implantação do primeiro ciclo de formação caracterizado pela junção de crianças com idade de 6, 7 e 8 anos; sendo o segundo e terceiro ciclos implementados gradativamente, visando o pleno funcionamento para o ano letivo de 2000.

O ciclo de formação, no entendimento da secretaria em questão, não é a mera junção de crianças de idades próximas. Trata-se, sim, de um processo que permite um encontro maior com os interesses próprios de cada faixa etária. Interesses esses que são construções históricas, portanto humanas, portanto culturais. Além do que, a própria organização da atividade pedagógica, no mais das vezes, consideram os aspectos relativos aos interesses típicos de cada idade. Assim, freqüentar uma classe com a mesma média de idade, onde possa interagir com interesses semelhantes aos seus, pode constituir-se num elemento altamente positivo para o seu processo de apropriação do conhecimento.

A idade não pode ser encarada como uma classificação por etapas estanques do desenvolvimento humano, no sentido de um amadurecimento de estruturas cerebrais e funções específicas para obtenção do aprendizado. Antes, pelo contrário, a convivência e o favorecimento deliberado de interações e relações no espaço pedagógico parte do pressuposto de que, no enfrentamento dos desafios colocados pela troca de experiências e pela sua sistematização em confronto com o conhecimento historicamente acumulado, situam-se os mecanismos capazes de desencadear o desenvolvimento efetivamente humano. Vale lembrar que, como coloca a Secretaria Municipal de Belo Horizonte (1996, p. 10) "[...] o agrupamento por idades próximas não garante, por si só, a interação. Para que ela aconteça é fundamental a intervenção do professor, no sentido de coordenar e dirigir o processo, tirando proveito dessa interação nos grupos de idade próxima".

Além desse aspecto positivo da interação entre pares, mediada pela sistematização do conhecimento trabalhado pela escola, o ciclo de formação permite revolucionar as práticas avaliativas excludentes, uma vez que trabalha com a concepção de que aprender não é um ato mecânico, mas requer um tempo de elaboração que efetivamente permita um intercâmbio entre os conhecimentos cotidianos trazidos pelo aluno e as novas construções que se possam efetivar a partir da mediação da escola. Aprender, na perspectiva do ciclo, é um processo múltiplo, não-linear, social e cultural.

Trata-se de ultrapassar a barreira do mero repasse de conteúdos, para trabalhar a formação integral do aluno. Daí a importância da interação com pares cujo interesse está próximo.

Entretanto, parece importante explicitar, há ainda muitos questionamentos em torno da organização dos ciclos de formação, sobretudo no que se refere ao agrupamento por idades próximas. Isto porque, do ponto de vista conceitual, da perspectiva teórico-metodológica sócio-histórica, norteadora da proposta, a aprendizagem não se caracteriza como um fenômeno oriundo de trocas entre pares com diferentes experiências, mas se efetiva mediante a colaboração de indivíduos que, no processo de organização social e cultural, possuem maior experiência. Ou seja, o que pode ser decisivo no processo de aprendizagem é a colaboração do adulto como alguém mais experimentado da cultura e não a mera troca entre pares que, em termos de saberes já construídos, pouco podem estar interferindo no intercâmbio de produção de novos conceitos ou saberes.

Pode-se mesmo acrescentar que, em termos de coerência teórico-metodológica, instala-se, na proposta em estudo, um paradoxo: a mesma perspectiva teórica que dá suporte à organização do espaço pedagógico e que o concebe como espaço interativo onde diferentes experiências se cruzam, diferentes argumentos e relações se constroem, também problematiza a separação por idades próximas e interroga a organização do espaço por ciclos de formação por idade.

Entretanto, em que pesem as controvérsias do processo e a clara necessidade de avançar na construção de uma coerência maior em termos epistemológicos e metodológicos, a organização por ciclos de formação pautada na perspectiva de que o homem se constrói nas relações sociais, de imediato permite crescer na direção de um respeito maior ao tempo de elaboração do conhecimento e das experiências de vida das crianças. Neste sentido, representa um avanço, sobretudo, se comparado ao processo seriado tradicional onde a subordinação da aprendizagem a processos de maturação orgânica está muito mais presente, e onde o tempo de aprender restringe-se ao ano da série correspondente.

Na proposta em estudo, o ciclo de formação se caracteriza muito mais como organização do espaço e do tempo pedagógico no sentido de não apenas permitir, mas de criar situações de aprendizagem mediada através da interação, do diálogo e da colaboração entre sujeitos humanos (alunos e professores e comunidade). Como coloca a própria secretaria em texto sobre os ciclos de formação:

> Esta heterogeneidade presente em qualquer grupo humano, passa a ser vista como um fator imprescindível para as interações em sala de aula. Os diferentes ritmos, comportamentos, experiências, trajetórias pessoais, contextos familiares, valores e níveis de conhecimento de cada criança e do professor, imprimem ao cotidiano escolar a possibilidade de trocas de repertórios, confronto, ajuda mútua e conseqüentemente a ampliação das capacidades individuais (SMEC, 1997-2000, p. 02)[12].

Ainda com relação ao intercâmbio de diferentes grupos, o texto aponta para a necessidade de construção do projeto político pedagógico por cada unidade escolar onde estejam definidos princípios que norteiem, envolvam e promovam a relação permanente da escola com a comunidade à qual pertence.

> [...] faz-se necessário um maior intercâmbio entre toda a comunidade escolar. Neste sentido precisamos estar constantemente dialogando com as pessoas com as quais vivem nossos alunos, para tanto, a escola deve intensificar a interação entre pais, alunos e professores. [...] Vygotsky, chama a atenção para o processo de elaboração conceitual dizendo que a criança necessita dialogar com os conceitos, articulando às vozes, saberes e experiências de seu grupo social e de outros. Nessas relações ela começa a elaborar o significado da palavra, a experimentá-la em seus enunciados, à luz de outras palavras e de outros comunicados (SMEC, 1997-2000, p. 02).

No sentido colocado, é possível observar que a separação por idades próximas, embora revele contradições, não impede que a troca se dê também entre indivíduos mais experimentados da cultura e o processo se organize em torno da colaboração destes àqueles a quem se dirige o processo de ensino e de aprendizagem. Antes, pelo contrário, a proposta de ciclos de formação em questão privilegia a busca da experiência da comunidade e a mediação decisiva e deliberada do professor como alguém mais experiente e consciente da necessidade de que a escola se torne, cada vez mais, um espaço de desenvolvimento de funções psicológicas mais elaboradas.

> O 'olhar do professor' a essa criança precisa se dar de forma prospectiva, isto é, para além do momento atual, aquilo que Vygotsky chama de zona de desenvolvimento proximal. A zona de desenvolvimento proximal precisa da intervenção do professor, pois, se trata de 'provocar nos alunos avanços que não ocorreriam espontaneamente' (OLIVEIRA, 1996, p. 60).

E ainda: [...] A intervenção deliberada dos membros mais maduros da cultura no aprendizado das crianças é essencial ao seu processo de aprendizagem (OLIVEIRA, 1996, p. 03).

O novo, entretanto, parece não o ser sem provocar um relativo desconforto. A passagem de uma organização seriada para outra forma de organização, no caso específico aqui colocado, os ciclos de formação, provoca instabilidade em estruturas sedimentadas pela cultura do fracasso escolar, por mais excludente que tenha sido ao longo da história e por mais que as opiniões docentes convirjam neste sentido.

Entretanto, essa cultura representa o que os docentes possuem de mais sólido e a partir do que têm desenvolvido o seu trabalho na escola. A mudança impõe a necessidade de um novo olhar ao mesmo tempo em que parece desnudar as feridas crônicas, inerentes ao processo pedagógico excludente mantenedor das relações sociais vigentes, caracterizadas pelo modelo capitalista neoliberal.

Se o novo impõe certas necessidades e descortina processos pedagógicos de lógica excludente, pondo à mostra os limites da ação educativa, esse mesmo processo permite a observação das possibilidades concretas de fazer do novo olhar uma nova atitude pedagógica, provedora do sucesso, mas um sucesso materializado na participação ativa da vida na sociedade, no tornar-se sujeito capaz de intervir, propor e organizar novos modos de ser e estar no mundo. A presença dessa intenção parece ficar clara nos princípios orientadores da proposta pedagógica em questão.

Se por um lado, o processo de mudança promove a exposição do tratamento mecânico dispensado à aprendizagem até então, por outro, desnuda feridas ainda mais profundas materializadas na evasão, na repetência e na culpabilidade de quem aprende pelo não aprender. No contexto do ciclo de formação que exige uma organização por idades aproximadas, emergem, assustadoramente, os alunos com idade avançada para o ciclo. Um espanto talvez comparável ao de saber que as crianças brasileiras permanecem anos e anos na escola, insistindo em manter presença até que a desesperança as alcance, convencidas da incapacidade de aprender.

Assim, inerente à implantação do primeiro ciclo vieram as primeiras preocupações acerca de que atitude tomar com aqueles alunos cuja idade não permite freqüentar o primeiro ciclo, e não estão devidamente alfabetizadas para serem colocadas em turma com idade próxima. A resposta veio com o desencadeamento do programa de aceleração de aprendizagem desses alunos, visando, no prazo de um ano, enturmá-los junto ao ciclo de origem. Novamente parece instalar-se a contradição: a idéia de que a aprendizagem dos alunos seria "acelerada" para, em seguida, colocá-los na turma de idade normal legitima a visão de que é lógico o nivelamento etário e de conhecimento.

A contradição inerente a esse processo, cujo desejo reside em contrapor-se à lógica que historicamente produziu o fracasso escolar das crianças da classe trabalhadora e as travestiu com preconceitos de toda ordem, só revela o grau de desafio que se coloca para quem se propõe a colar compromisso político à competência teórico-metodológica. O primeiro, sem dúvida, constitui componente fundamental e imprescindível a qualquer prática pedagógica que se pretenda revolucionária. Entretanto, isolado de uma concepção (epistemológica) de como o Homem se constitui enquanto tal, de como aprende, de como se desenvolve, de como transforma e é transformado nas relações que estabelece, não possui força suficiente de mudança. O segundo, tampouco, se a competência teórico-metodológica for dissociada do compromisso político.

A busca da superação exige, entre outras questões, conceituar a proposta em debate, dar um significado próprio à aceleração da aprendizagem que, nos termos do projeto em discussão, pode ser explicada tomando-se de empréstimo o argumento desenvolvido pela Secretaria Municipal de Educação de Belo Horizonte, quando do desenvolvimento do projeto Escola Plural, que diz:

> O termo 'Turmas Aceleradas' pode ser entendido a partir de dois pontos de vista. O primeiro entendimento pode ser o de que é preciso correr, 'acelerar' os conteúdos para que esses alunos alcancem o seu Ciclo. Não é essa a perspectiva da Escola Plural. Não são os professores que aceleram a disciplina a ser dada, mas são os alunos que, em conseqüência de toda a experiência cultural que já possuem, aprendem de forma mais rápida. [...] Se a escola souber aproveitar essa bagagem trazida por esses alunos, o processo de construção das habilidades e conhecimentos disciplinares será muito mais acelerado (SMEBH, 1996, p. 07).

Contudo, para a perspectiva colocada no Projeto Educativo da SMEC, a aceleração da aprendizagem implica ainda, em ter presente alguns elementos fundamentais que garantam a viabilidade da proposta sem cair nos limites do apoio pedagógico, tão decantado nas escolas e cuja eficiência tem sido questionada profundamente. Assim, turmas de aceleração não devem significar turmas de apoio pedagógico. Por isso, a proposta encampada pela SMEC foi a de colocar esses alunos em turmas normais de 3ª e 4ª séries, partindo do entendimento que, desse modo, mesmo sem ter se apropriado do código escrito e da leitura formal pelo processo de alfabetização, tais crianças e jovens teriam a oportunidade de conviver com outros interesses semelhantes aos seus, de receber um tratamento mais adequado dentro das convenções culturais típicas do grupo ao qual pertencem. Ainda de acordo com a Secretaria Municipal de Educação de Belo Horizonte, cuja proposta de aceleração da aprendizagem apresenta significativa afinidade com a da secretaria em questão, tem-se que:

> Nesse sentido é fundamental que se criem situações interativas, onde os alunos possam explicar e confrontar suas hipóteses, para, assim, ampliá-las. Facilmente é possível perceber que esse processo de interação será mais rico se os alunos estiverem convivendo com seus pares de idade. São com jovens de sua idade que eles poderão desenvolver suas habilidades, competências, valores, atitudes (SMEBH, 1996, p. 07).

Ao mesmo tempo em que freqüentariam a série de idade correspondente freqüentariam a mesma escola em períodos alternados para passarem pelo processo específico da alfabetização, isto é, apropriarem-se do código oficial de leitura e escrita. Num primeiro olhar esse esquema parece contraditório se considerados os princípios teórico-metodológicos norteadores da proposta educativa da secretaria em estudo, visto que propõe uma separação das crianças e jovens em processo de aceleração da aprendizagem. Porém, o argumento apresentado sugere coerência considerando-se o fato de que o Projeto Educativo parte da premissa da necessidade de que o trabalho pedagógico considere a realidade objetiva como realidade histórica e mutável. Partindo-se dessa modalidade para o desenvolvimento de estratégias de ensino e aprendizagem cuja principal referência é a construção da cidadania ativa. Neste sentido, como coloca a equipe coordenadora do projeto, a apropriação da alfabetização formal é condição *sine qua non* também para o exercício da cidadania ativa.

Portanto, alfabetizar-se, no sentido formal do termo, significa para o âmbito do Projeto em estudo, um ato de apropriar-se de instrumentos fundamentais para o acesso à compreensão das relações envolvidas na sociedade. E mais, o processo de alfabetização, também no caso específico da aceleração da aprendizagem, precisa garantir, no sentido descrito no Projeto Escola Popular, a construção da autonomia intelectual, da sensibilidade e solidariedade de classe, o que, em última instância, significa capacidade de ler e compreender o mundo para nele intervir e promover mudanças; além de possibilitar a formação do senso crítico, da coletividade e do raciocínio lógico e abstrato. Elementos esses, considerados fundamentais tanto para o âmbito da competitividade da lógica de mercado quanto para viver ativamente a cidadania na perspectiva de construção de relações sociais alternativas, superando a própria lógica excludente instalada.

Na perspectiva do Projeto Político-Pedagógico Escola Popular, o programa de aceleração da aprendizagem assume uma característica peculiar: não durar mais que um ano e, nesse tempo, constituir-se como espaço de apropriação do código escrito norteado pelos princípios fundamentais da proposta educativa já destacados anteriormente. Isto é, não se trata de aprender a ler e escrever mecanicamente para se adaptar ao ciclo de formação, mas de apropriar-se criticamente *"ler e escrever a realidade para transformá-la"*[13] . Essa direção adotada aponta, por um lado para a necessidade de mudar o olhar sobre os saberes produzidos por esses alunos no seu processo de vida, e, por outro, demanda o desencadeamento de ações e estratégias pedagógicas cuja tarefa é compreender quem são efetivamente essas crianças em processo de aceleração.

Esse desafio não constitui tarefa simples. Inerente ao próprio termo aceleração da aprendizagem encontram-se todos os vícios, semeados durante anos na prática educativa, acerca da aprendizagem das crianças pobres. Sobretudo, as "verdades" da psicologia diferencial positivista parecem estar encarnadas no processo pedagógico, de tal modo que a representação de psicologia, empiricamente observada nos professores foi capaz de traduzir uma reificação desta ciência. Em que pese o esforço de educadores envolvidos nessa tarefa e a crença manifesta na capacidade de aprender das crianças em processo de aceleração, a rigidez do modo de organização escolar processada ao longo da história social e educacional, materializada na necessidade docente de colocar os "iguais" numa mesma classe caracteriza uma homogeneidade — não apenas dos sujeitos aprendentes, mas também dos sujeitos ensinantes — do modo como desenvolvem e conceituam o processo de ensino e de aprendizagem. Isso os impede de avançar numa outra direção.

Ou seja, o olhar pedagógico sobre o aluno em processo de aceleração da aprendizagem traduz a mediação de uma psicologia que processou, e ainda processa, uma leitura empírica desse sujeito, limitando-se a descrevê-lo nos seus aspectos individuais e sociais mais imediatos e nublando a existência humana como um fenômeno histórico e cultural concreto: *"- nós precisaríamos de uma psicóloga em tempo integral na sala de aula, para que ela pudesse estar vendo e dizendo o que devemos fazer"*. Coloca uma professora do programa de aceleração da aprendizagem movida pelo compromisso e pela angústia de não saber como se libertar dos procedimentos pedagógicos tradicionais[14].

De fato, um dos maiores desafios da secretaria constitui-se em colocar os princípios norteadores do Projeto Educativo Escola Popular em sintonia com o programa de aceleração da aprendizagem. Com esta finalidade, a secretaria tem desencadeado uma série de programas de formação dos professores. Momentos para troca de experiência e reflexões mais profundas que possam ser úteis e estar alimentando o desenvolvimento do trabalho a ser realizado.

É necessário registrar ainda, que das 48 escolas de ensino fundamental, todas aderiram à proposta de aceleração feita pela secretaria. Contudo, as ações desta foram permeadas pelo respeito à autonomia de construção do coletivo de cada escola e, sem perder de vista o projeto de sociedade declarado na proposta, permitiu que cada instituição de ensino caminhasse com as próprias pernas. Essa atitude permitiu que se desenhassem diferentes experiências no interior do mesmo processo. Assim, por exemplo, o desejo da secretaria de acelerar a aprendizagem sem separar as crianças do programa das demais, partindo do princípio da troca entre pares distintos com experiências e saberes diferentes que, na interação, garante o enriquecimento e o desenvolvimento de funções psicológicas mais elaboradas, foi efetivamente assumido por apenas duas escolas. As demais, por possuírem características específicas, como por exemplo um elevado número de alunos em atraso idade/série, optaram por turmas específicas de aceleração que são hoje chamadas turmas de evolução, pois à medida que se apropriam do código de escrita e leitura, passam a freqüentar turmas "normais" de idade.

Esse procedimento, no entanto, requer uma leitura cuidadosa e um olhar permanentemente crítico sobre o processo de construção das propostas de organização do programa de aceleração da aprendizagem nas unidades escolares. Pois, no interior da lógica dos ciclos de formação por idade e na relação deste processo com o programa de aceleração da aprendizagem que visa suprir a defasagem idade/série, pode se instalar a crença de que o processo de aceleração representa a "cura" do fracasso escolar. Isto é, se a aceleração tiver como norte a homogeneização etária para melhorar a aprendizagem daquelas crianças consideradas "mais fracas", como já colocado anteriormente, ou, o que não é muito diferente, for concebida como um espaço de nivelamento, em termos de conhecimento de crianças consideradas defasadas em conteúdo e/ou algumas habilidades, torna-se, parece correto dizer, um processo questionável frente ao projeto político-pedagógico da secretaria em debate.

Parece desnudar-se, desse modo, a fragilidade do limite entre o que significa o programa de aceleração da aprendizagem no interior da proposta em estudo e no que pode incorrer a aceleração, se tratada como local de adequação de alunos com defasagem idade/série ou de conteúdo. Neste sentido, estará muito mais próxima de uma ocultação do fracasso escolar das crianças da classe trabalhadora, do que de constituir-se como espaço problematizador onde se fomentam novas e concretas possibilidades para a ação educativa.

Questões como essa remontam o debate anterior em torno dos riscos inerentes ao programa de aceleração da aprendizagem e colocam a coordenação do processo em alerta, no sentido de não perder de vista o real significado político-pedagógico desta proposta, o que demanda a constituição permanente de espaços formativos da prática educativa por parte da secretaria. Ao mesmo tempo permite e estimula o debate e a construção coletiva da proposta de cada unidade escolar, assegurando os princípios fundamentais norteadores da proposta, também no âmbito da aceleração da aprendizagem.

Essa postura tem conduzido a secretaria ao encaminhamento do debate que sugere o fim do programa de aceleração da aprendizagem como espaço de adequação de alunos ao ciclo de formação. Partido do pressuposto de que o papel da aceleração da aprendizagem não é o de nivelamento de conteúdos, tampouco um procedimento para acabar com o fracasso escolar das crianças pobres, mas de viabilizar a apropriação do código de leitura e escrita, entendido como um instrumento importante para a participação ativa no movimento da sociedade, a secretaria entende que o sucesso do programa reside no seu término no prazo de um ano, e no fato de poder constituir-se como espaço pedagógico contraditório e questionador das formas de ensino adotadas pelo sistema em geral.

Cabe destacar ainda, que para os fins propostos no Projeto Educativo sumariamente esboçado, a aceleração da aprendizagem tem aqui uma função distinta de muitas outras propostas que hoje emergem em boa parte do território nacional. Muito embora não caiba nos limites deste estudo a descrição e análise de cada uma dessas propostas, muito menos o desenvolvimento de um processo comparativo entre as mesmas, parece importante partir dos pressupostos colocados como norteadores do Projeto Educativo para proceder uma análise elucidativa de algumas diferenças consideradas fundamentais.

Desse modo, ao se ter presente que o perfil de homem descrito anteriormente no Projeto Educativo traz, inerente a si, características que demonstram a clareza da necessidade prescrita hoje pela lógica de mercado capitalista e a necessidade de superação desta lógica – tendo em vista a construção de relações efetivamente alternativas a essa, marcadas por processos sociais mais democráticos e justos, pela distribuição igualitária das oportunidades de vida e pela participação ativa da vida em sociedade – o programa de aceleração da aprendizagem proposto, marca talvez a primeira grande diferença: volta-se aos pobres, não no sentido assistencialista ou de mera recuperação de um dado estatístico vergonhoso. Volta-se àqueles que constituem a parcela da população menos ouvida, sendo também, a que mais necessita da escola para obter sua educação. Isto porque, a proposta a ser levada a cabo realiza uma leitura de classe, compreende a organização capitalista excludente e incorpora um compromisso deliberado a favor da superação de tais relações.

Assim, se a escola se oferece como um espaço contraditório, onde divergentes propostas sociais se enfrentam, é, efetivamente, neste espaço que se encontra a possibilidade concreta de construção de novas práticas: a aceleração da aprendizagem pode constituir-se, assim, num espaço igualmente contraditório, mas também, capaz de retratar ações pedagógicas numa nova direção política e social, muito embora pareça imprescindível frisar que, se encarada como solução para o fracasso escolar, a aceleração poderia constituir-se uma pseudo-solução dessa questão. Isto porque, uma possível solução para o problema do fracasso escolar que é, no mais das vezes, o fracasso dos filhos da classe trabalhadora, só se efetiva na resolução do problema da educação desta classe o que, na perspectiva colocada neste estudo, distancia-se em grande medida de qualquer proposta que tenha como fundamento a equalização de níveis etários ou de conhecimento.

Acelerar a aprendizagem de um sujeito cujo perfil precisa se caracterizar por habilidades cognitivas como criticidade, criatividade, lógica e rapidez de raciocínio, mas também por habilidades como solidariedade, sensibilidade de classe, autonomia intelectual, senso crítico e consciência histórica, requer mais do que o desencadeamento de atividades marcadamente técnicas de alfabetização. Implica num novo olhar que resgate no aqui e agora da prática cotidiana a dimensão de ser humano ativo, participativo, capaz de intervir, propor e mudar. Portanto, é mais do que preparar novos cidadãos, é viver a cidadania do presente através das relações pedagógicas e delas para outras dimensões da vida, sendo a recíproca verdadeira. Ou seja, das dimensões da vida para a prática pedagógica. Ou, como diria Unger (1991), trata-se de compreender que a transformação social não é um ato posterior à tomada do poder, mas um ato que se dá aqui e agora, na participação atuante da vida na *pólis*.

Na perspectiva do programa de aceleração da aprendizagem em discussão, a constituição da aceleração da aprendizagem como terreno de fomentação de novas práticas requer a explicitação de que, em primeiro lugar, as crianças a quem o programa se destina são aquelas que, historicamente, fracassaram na escola e talvez não sem coincidência, as crianças da classe trabalhadora. Em segundo lugar demanda a compreensão de que *"ler e escrever a realidade para transformá-la"* implica em – no processo de construção do conhecimento proposto pelo projeto político em debate – ter como ponto de partida e de chegada a prática social dos sujeitos historicamente situados[15].

> Essa referência concreta, a práxis humana, constitui a única segurança de que o pensamento não se perderá nos desvios ideológicos. Por esse motivo cabe à práxis a função de orientar o pensamento. Garantida a identidade entre o ponto de partida e o resultado final, o sentido da análise reside no fato de que o pensamento, movendo-se em espiral, chega a um resultado que não era conhecido no ponto de partida. Para tanto o trabalho de análise parte, necessariamente, de uma percepção imediata do todo, ou seja, da realidade tal qual ela se apresenta (PALANGANA, 1994, p. 105).

Logo, para que o partir, o compreender e o transformar a realidade não traduzam falsas metanarrativas, ou jargões vazios de ação efetiva, ou pseudopedagogias, alguns desafios precisam ser enfrentados. O primeiro deles é saber que a realidade da qual se parte para a construção do conhecimento que permite compreender o mundo, não é uma realidade meramente imediata. Trata-se de ver na imediaticidade da realidade as marcas do processo histórico que a produziu, pois, é na leitura histórica que reside a possibilidade de compreensão, ruptura e construção do novo. O segundo desafio – para uma mera separação didática, visto que pode-se vislumbrar uma relação de funcionalidade entre ambos –, reside no fato de que os alunos em processo de aceleração são eles próprios sujeitos dessa realidade e, portanto, carecem de uma leitura que os desnude, não como produtos de relações imediatas, como o fez a psicologia diferencial positivista, mas como produto e processo do movimento sócio-histórico.

Desse modo, para que a proposta se efetive como alternativa, definida em termos político-pedagógicos e mesmo ideológicos, para além da lógica de mercados, e para superar a idéia de homogeneidade presente na ação pedagógica como cultura promotora do fracasso escolar, conhecer quem são as crianças em processo de aceleração passa a ser, no contexto onde se desenha tal programa, um problema específico cuja resposta procura convergir para o desencadeamento de políticas educacionais públicas melhor instrumentalizadas. Quem é o aluno em processo de aceleração, entretanto, passa a ser uma problemática que visa, através de uma caracterização empírica, perceber no cotidiano dele, na sua visão de mundo e de escola, a travessia das ideologias de caráter burguês que traduzem a consciência construída a partir do modo de existência (Marx), e que desvela o sujeito na sua concreticidade.

A aceleração da aprendizagem, não se constitui, enquanto proposta pedagógica, um problema, no entanto, o problema emerge dela, uma vez que se trata de uma proposta na qual a idéia de fracasso escolar está implícita, e este, traduz a materialização de concepções de aprendizagem e de sujeito humano construídas na perspectiva de manutenção da hegemonia de uma classe social. Então, realizar uma leitura acerca de quem é esse aluno, além da dimensão sócio-histórica já colocada, visa ainda a possibilidade de um novo olhar sobre a potencialidade de aprendizagem inerente a esse sujeito concreto.

O trato dessas questões sugere a declaração do olhar teórico-metodológico norteador da leitura em torno do problema. Tarefa destinada ao próximo capítulo.

02

O HUMANO CONCRETO NA ACELERAÇÃO DA APRENDIZAGEM: UM OLHAR TEÓRICO-METODOLÓGICO NO PONTO DE PARTIDA

A atitude de repensar a referência teórico-metodológica da pesquisa em educação, ainda constitui um dos principais desafios postos ao pesquisador.

A grosso modo, somente a partir da contribuição trazida por Althusser, em "Aparelhos Ideológicos do Estado", e pelos crítico-reprodutivistas de um modo geral, como vertente da concepção materialista que deu início a um novo momento da leitura em educação no Brasil, é que se inicia e se vislumbra uma possibilidade concreta de leitura da escola como instância situada no interior de uma sociedade dividida em classes sociais antagônicas e cuja análise deveria considerar, portanto, a luta e a hegemonia de classe inerente ao modo capitalista de produzir e de pensar. Entretanto, o que se viu, ao longo da história da educação, traduziu-se numa leitura pouco animadora da escola como lugar de transformação social.

Olhar a escola como lugar não apenas de reprodução mas, também, de transformação das relações de dominação, pode-se dizer, tornou-se possível a partir da crítica e dos instrumentos conceptuais trazidos por Gramsci. Tais instrumentos "[...] resgatam a instância das superestruturas como lugar de produção e reprodução social, de repetição e criação, e a cultura (da qual faz parte a ideologia) como uma das formas da práxis social" (PATTO, 1996, p. 31). A valorização da superestrutura permite ampliar o campo de visão e captar o movimento contraditório e dialético dos espaços escolares. Entretanto, a noção de intelectual orgânico a serviço da contra-hegemonia, sugere a busca de um referencial teórico que, ao mesmo tempo em que garante o questionamento, o distanciamento e estranhamento do que é conhecido e, por vezes, tido como "natural", permite a reflexão sobre o objeto e aquilo que nele parece óbvio, permitindo um colocar-se diante do problema de modo a deixar claro sobre que dimensão da vida social a análise incidirá. Logo, fala-se de uma postura teórico-metodológica que é também política.

Neste sentido, a busca da mediação teórica de base materialista-histórico-dialética, constitui, antes e sobretudo, uma atitude investigativa a serviço da construção de um paradigma menos rígido que permita relações democráticas e práticas pedagógicas de perfil crítico e revolucionário.

Essa posição encontra, sobretudo em Karl Marx e Agnes Heller[1], a fundamentação necessária para a leitura do objeto de pesquisa no seu âmbito sociológico e político. O primeiro pela indispensável contribuição em termos de uma leitura materialista-histórica e dialética das relações capitalistas de produção, do processo de alienação e da objetivação do homem nesse mesmo processo que, a um só tempo materializa o avanço do processo de hominização promovido pelo trabalho humano e, por conta das relações sociais que aí se travaram, um processo de desumanização do próprio homem alienado da atividade (como processo) e do produto que produz. O segundo,

> [...] por estar voltada para as relações entre a vida comum dos homens comuns e os movimentos da história, e não perder de vista a especificidade das pessoas envolvidas nas ações que tecem a vida cotidiana, sua obra é particularmente promissora como referência teórica para a reflexão sobre escolarização das classes subalternas, nos países capitalistas de terceiro mundo, concebida como processo histórico tecido por todos os que se confrontam em cada unidade escolar (PATTO, 1996, p. 133).

Ainda, na escola de Vygotsky o presente trabalho encontra os pressupostos para a análise no campo psicológico que envolve o espaço da pesquisa empenhado na definição da concepção de aprendizagem e desenvolvimento humano.

Assim, a presente pesquisa valeu-se de uma análise teórica que tem como pressuposto o fato de que "[...] o indivíduo é um ser histórico e que, portanto, a unidade indivíduo-sociedade deve constituir-se o seu objeto real de estudo e não as abstrações desprovidas de sua base concreta" (FERREIRA, 1986, p. 65).

Compreender o indivíduo como um ser histórico, produto e processo de relações sociais concretas, constitui condição imprescindível para qualquer caminho que pretenda uma redefinição da pedagogia e dos processos humanos compreendidos no interior dessa ciência. Elaborar propostas de superação das relações psicologizantes que invadiram o contexto pedagógico escolar implica, necessariamente, numa compreensão psicológica do sujeito que permita vê-lo como alguém que se objetiva a partir da apropriação que faz das objetivações humanas já realizadas.

> A consideração de uma dimensão histórica significa assumir que tanto os processos internos como os estímulos do meio, têm uma significação 'anterior' à existência deste indivíduo, e esta anterioridade decorre da história da sociedade ou do grupo social ou, se quisermos, da cultura na qual o inidivíduo nasce. Por mais que enfatizemos a unicidade, a individualidade de cada ser humano, por mais 'sui generis' que se possa ser, só poderá ocorrer sobre os conteúdos que a sociedade lhe dá e sobre as condições de vida real que lhe permite ter (LANE, 1980, *apud* FERREIRA, 1986, p. 66).

Entretanto, considerar as condições históricas concretas dos sujeitos pesquisados, não significa cair num determinismo histórico que se limite a explicar o funcionamento dos sujeitos de modo supostamente científico. Considerar a concreticidade dos sujeitos no interior da realidade histórica implica, na perspectiva teórica colocada, compreender a história como processo em que atuam tanto as condições históricas quanto a subjetividade dos seres envolvidos. Essa postura permite ler a realidade em sua dinâmica, nos seus limites e possibilidades, visto que o que é processo é passível de transformação e de um certo grau de imprevisibilidade.

Uma metodologia dialética não se reduz apenas a uma observação empírica do fenômeno. Pelo contrário, essa metodologia obriga a adentrar nele para encontrar a essência também dialética viabilizadora de uma análise consistente.

> [...] indivíduos determinados, que como produtores atuam de um modo também determinado, estabelecem entre si relações sociais e políticas determinadas. É preciso que em cada caso particular, a observação empírica coloque necessariamente em relevo – empiricamente e sem qualquer especulação ou mistificação – a conexão entre a estrutura social e política e a produção (MARX e ENGELS, 1993, p. 35).

Contudo, a definição inicial de um pressuposto não significa necessariamente o enquadramento dos dados num determinado corpo teórico. Mas, ao contrário, a perspectiva teórica colocada cumpre aqui a tarefa de mediar a análise e a leitura que se possa estar desenvolvendo dos dados recolhidos no processo de pesquisa. Isto porque, a concepção de como se deve organizar o processo de conhecimento da realidade, como coloca Tarelho (1988, p. 07):

> [...] está fundamentada no pressuposto de que os dados empíricos não têm o poder, por si mesmos, de revelar a veracidade da realidade a que pertencem. Esses dados empíricos só podem revelar a essência da realidade que representam quando compreendidos como um todo ricamente articulado, o que só é possível com a ajuda de uma reflexão teórica norteadora.

Desse modo, saber quem é o aluno em processo de aceleração da aprendizagem e como está vivenciando esse processo em transformação, bem como contribuir para uma reflexão que conduza a prática pedagógica ao entendimento cada vez maior de que nela convivem sujeitos histórico-culturais, constitui um processo para o qual convergem esforços, no sentido, tanto de colher dados empíricos importantes a partir do histórico escolar desses alunos e dos indicadores socioeconômicos definidores do seu meio sociocultural, quanto um processo de ler a própria aceleração da aprendizagem no contexto educacional atual.

O CENÁRIO: A PESQUISA E OS INSTRUMENTOS

O presente trabalho percorreu um caminho de investigar a realidade na qual se inserem os alunos em processo de aceleração da aprendizagem da Secretaria Municipal de Educação de Chapecó, a partir do levantamento de dados advindos de duas fontes diferentes, materializadas em dois instrumentos de coleta de dados. Um destinado a uma coleta mais sistemática no que se refere aos aspectos da convivência familiar do aluno e da experiência concreta; o outro diz respeito ao histórico escolar, cuja tarefa constitui-se no levantamento de dados como evasão, número de repetências, elaboração da experiência com a escola e com as relações que se travam neste espaço. Esse instrumento busca caracterizar as condições socioeconômicas concretas de existência das famílias, desde local e condições de moradia, renda e grau de instrução, bem como graus de participação na vida comunitária, tipo de atividade etc.

Além do instrumento de diagnóstico da realidade socioeconômica desses alunos, a presente pesquisa contou com um roteiro de observação dos locais de moradia que foram visitados durante a pesquisa de campo. Nele, buscou-se colher elementos de ordem tanto econômica quanto social e cultural: o que pensam pais e mães sobre o processo de aceleração; quais os padrões comportamentais que valorizam; conferência acerca do tipo e das condições de moradia; conceitos que possuem sobre a escola, cujo propósito estava em fornecer subsídios para uma leitura crítica desse sujeito (objeto de pesquisa). Uma leitura que apontasse indicadores o mais reais possíveis sobre a identidade sociocultural do aluno em processo de aceleração da aprendizagem, fornecendo pistas para uma ação pedagógica deliberada em favor do sucesso escolar.

A rede municipal de ensino, espaço desse trabalho, compõe-se hoje de 23 escolas dedicadas ao ensino fundamental (1ª a 8ª série) distribuídas nos diversos bairros do município, isto é, localizadas no perímetro urbano. No espaço rural são 25 escolas nucleadas, hoje empenhadas na educação fundamental a partir de um projeto que busca discutir uma educação básica do campo. Portanto, são 48 escolas de ensino fundamental distribuídas na área de abrangência do município, buscando dar atendimento a 10.273 alunos entre 6 a 14 anos, segundo fonte da Secretaria Municipal de Educação e Cultura. A educação infantil atende 3.944 crianças. Atendimento insuficiente segundo a própria secretaria, já que a demanda por essa área de ensino é muito superior. O atendimento vem se ampliado com a criação do projeto creches comunitárias. Uma das grandes conquistas do município no que se refere à educação consiste no Projeto de Educação de Jovens e Adultos (EJA) que passou de 866 alunos em 1996, para 4.238 em 1998. Um crescimento de 389% segundo dados da secretaria em questão, mas que ainda não atende suficientemente a demanda colocada (no município, de cerca de 135 mil habitantes, 16% são analfabetos). Ao todo, a Secretaria Municipal de Educação e Cultura de Chapecó atende uma população de 18.455 alunos nos diferentes níveis de ensino[3].

Para fins dessa pesquisa foram considerados apenas alunos do ensino fundamental, tanto do meio urbano como do meio rural, que fazem parte do Programa de Aceleração da Aprendizagem, decorrente da reorganização e passagem do modelo seriado para os ciclos de formação do ensino fundamental. Num universo de 3.944 crianças de 1ª e 2ª série de 1997, 657 delas (16,66%) eram consideradas crianças com defasagem idade/série. Segundo fonte da própria secretaria, são crianças com idade igual e/ou superior a 9 anos de idade que estavam na 1ª ou na 2ª série primária com dificuldades no processo de alfabetização. Desses 657 alunos em processo de aceleração, selecionou-se uma amostra de 239 alunos.

A amostra definida foi distribuída em diferentes regiões do município onde localizam-se as escolas da rede que fazem esse atendimento[4].

Do cruzamento dos dados fornecidos pelos instrumentos de pesquisa citados, procurou-se identificar fatores pertinentes em relação à defasagem idade/série e possíveis motivos que a engendram, além de evidenciar motivos pedagógicos e de caráter sociocultural, entre outros, para a repetência e o abandono escolar e permitir a construção do perfil do aluno em processo de aceleração enquanto um perfil singular gestado no legado cultural particular desses sujeitos.

Então, "[...] como as coisas não aparecem em sua essência à humanidade, de forma direta, e nem mesmo o homem possui a faculdade de ver as coisas diretamente na sua essência; a busca da verdade (não como dogma, coisa acabada...) só se revela a partir de um *'detour'*" (KOSIK, 1976, p. 27). O presente capítulo caracteriza-se pela pretensão de elucidar a perspectiva teórica norteadora de duas categorias fundamentais para este estudo: a aprendizagem como processo realizado por sujeitos situados historicamente, bem como a concreticidade desses sujeitos constituídos na e pela teia de relações sociais.

Aprendizagem: um olhar histórico-cultural

A questão da aprendizagem e do desenvolvimento humano tem sido, ao longo da história, objeto de reflexões e debates orientados pelas mais divergentes matizes teóricas, a maioria delas, com conseqüências diversas para o espaço da ação educativa escolar. As facetas desse debate parecem ressurgir no espaço de implementação do programa de aceleração da aprendizagem que atualmente se coloca.

Essas leituras[5] em torno da capacidade humana de aprender bem como as explicações dadas ao fenômeno da não-aprendizagem, muitas vezes assumiram posições extremas atribuindo ora a processos internos ao indivíduo, de ordem biológica e inata; ora a fatores externos, presentes no meio imediato ao sujeito, caracterizando o debate em torno de fatores endógenos e exógenos. No máximo, alguns pensadores chegaram a realizar a tentativa de justapor essas duas vertentes da psicologia[6]. Neste sentido, o programa de aceleração da aprendizagem parece constituir-se em terreno fértil de retomada dessa reflexão. Sobretudo à medida que as crianças em processo de aceleração coincidem com crianças pobres, marcadas pelo fracasso escolar e, não sem coincidência, social.

Muito embora esse movimento provocado pela implementação de uma medida pedagógica que visa sanar a defasagem idade/série desnude e faça vir à tona as diferentes formas de conceber o processo de desenvolvimento e aprendizagem humana, não é pretensão desse estudo retomá-las em profundidade, ou insistir numa exposição densa (e repetitiva) dessas visões. Importa, para os fins colocados, partir do pressuposto de que se faz necessário provocar rompimentos e buscar modos de superação das concepções tradicionais em torno das capacidades humanas para o aprendizado. Em que pese possíveis contribuições, tais concepções apresentam limites significativos, promotores do fracasso, do preconceito e da exclusão de um grande contingente de crianças e adolescentes, do direito de exercer a cidadania ativa e plena.

Assim, o princípio orientador define-se pela crença de que o indivíduo que aprende é antes, e sobretudo, um sujeito de relações sociais, históricas e culturais. Isto é, relações que se estabelecem no contato dialético que trava cotidianamente com o mundo que o cerca. Não se trata de um sujeito passivo colocado sob uma ordem social dada, à qual deve adaptar-se para ser considerado humano, mas de um sujeito que se objetiva à medida que, ativamente, se apropria das construções realizadas pelas gerações que o precederam. E, apropriar-se, no sentido dito por Leontiev (1991) é diferente de adaptar-se, pois, trata-se de

> [...] um processo que tem como conseqüência a reprodução no indivíduo de qualidades, capacidades e características humanas de comportamento. Em outras palavras é um processo por meio do qual se produz na criança o que nos animais se consegue mediante a ação da hereditariedade; a transmissão para o *indivíduo* das conquistas do desenvolvimento da espécie (LEONTIEV, 1991, p. 65) (grifo no original).

Essas capacidades tipicamente humanas, sugere o mesmo autor, não estão dadas no nascimento do indivíduo, isto é, não são inatas. Surgem no processo da ontogênese, mediadas, sobretudo, pela linguagem que é, um produto objetivo criado pela humanidade e que para apreendê-la é necessário fazer parte de um conjunto de relações onde o seu uso é imprescindível. Visto que, mesmo possuindo biologicamente todos os órgãos que possibilitam falar, a sua existência simples não garante tal função.

> Por exemplo, para que se desenvolvam na criança o ouvido e a palavra é necessário que possua os órgãos do ouvido e os órgãos que servem para a formação dos sons. Mas só a existência objetiva dos sons da linguagem no ambiente da criança pode explicar porque se desenvolve a função auditiva. Até o tipo de ouvido que possui – o predomínio nele do timbre ou do tom – e os diversos fenômenos que lhe são acessíveis dependem das características fonéticas da linguagem que assimila (LEONTIEV, 1991, p. 65).

Logo, concordando com Oliveira (1993) ao tratar dos pilares básicos do pensamento de Vygotsky, o homem transforma-se de biológico em sócio-histórico num processo em que a cultura é parte essencial, pois, acrescenta-se, nela encontram-se todos os significados construídos pela humanidade através de sua atividade, de seu trabalho e das relações que, por conta disso, se estabeleceram e assumiram diferentes perfis. O homem como ser sócio-histórico e cultural se faz, então, pela assimilação da experiência de toda a humanidade transmitida pelo processo de aprendizagem que passa de geração para geração.

> A grande maioria de conhecimentos, habilidades e procedimentos do comportamento de que dispõe o homem não são o resultado de sua experiência

própria mas adquiridos pela assimilação da experiência histórico-social de gerações (LÚRIA, 1991, p. 73).

Por seu turno, a assimilação da experiência histórica sugere a reflexão e o debate acerca dos processos mentais responsáveis pela aprendizagem. Novamente, aqui dividem-se as opiniões sobre a gênese da inteligência humana. De um lado, concepções marcadamente idealistas para as quais os processos mentais que evidenciam a capacidade de pensar humana ou, dizendo de outra forma, evidenciam a atividade consciente no homem, como sendo a manifestação de um espírito particular, ímpar, inexistente em outras espécies animais. No dizer de Lúria (1991, p. 73):

> [...] A tese básica dessa corrente reduzia-se não só ao reconhecimento de acentuadas diferenças de princípio entre o comportamento do animal e a consciência do homem, como também à tentativa de explicar essas diferenças alegando que a diferença do homem deve ser considerada como manifestação de um espírito especial de que carece o animal.

De outro lado estão as perspectivas que atribuem ao ambiente todos os poderes de modelagem da atividade consciente humana, concebendo-a como um conjunto de reflexos cuja tarefa se limita à produção de respostas imediatas aos desafios colocados pelo meio. Lúria (1991, p. 74), caracteriza essa segunda via de solução do problema da origem da atividade consciente no homem, como sendo o "positivismo darwinista". "Segundo essa teoria, a atividade consciente do homem é resultado direto da evolução do mundo animal, já se podendo observar nos animais todos os fundamentos da consciência humana" (LÚRIA, 1991, p. 74). Neste sentido, o meio controla o processo de aprendizagem do sujeito que por sua vez, limita-se a adaptar-se e a moldar-se conforme tais exigências. Trata-se de abordagens marcadas pela vertente positivista da psicologia e da teoria do conhecimento[7].

Entretanto, como pondera o mesmo autor, ambas reduzem a explicação acerca da capacidade de pensamento humano ora a fatores internos, ora a fatores externos ao indivíduo e, em ambas, o sujeito é visto como algo isolado, desprovido de história, de cultura e de formas de organização social. A primeira corrente, argumenta Lúria (1991), perde a credibilidade científica ao apontar a diferença de princípio entre o comportamento animal e a atividade consciente do homem. A segunda, também chamada naturalista,

> [...] que tentava estudar uma linha única de desenvolvimento da consciência dos animais ao homem, desempenhou papel positivo em seu tempo no combate às concepções dualistas pré-científicas. No entanto as afirmações de que os animais têm em embrião todas as formas de vida consciente do homem, o enfoque antropomórfico da 'razão' e das 'vivências' dos animais, bem como a falta de vontade de reconhecer as diferenças de princípio entre o comportamento animal e a atividade consciente do homem continuaram a ser o ponto fraco do positivismo naturalista. Ficava sem solução o problema da origem das peculiaridades da atividade consciente do homem (LÚRIA, 1991, p. 74).

Cabe esclarecer aqui, que não é objetivo deste estudo um resgate completo desse debate. Para os fins aqui propostos cabe destacar que o norte é apontado pela perspectiva histórico-cultural para a qual a atividade consciente humana não é nem inata, nem simplesmente adquirida, mas trata-se de um processo construído nas e pelas relações sócio-históricas. Ainda que não se possa desconsiderar a origem biológica da espécie humana, como coloca Duarte (1993, p. 100), pois, antes de tudo o homem tem sua gênese decorrente da evolução da vida e, "[...] sem a gênese biológica das características da espécie, não haveria processo histórico de desenvolvimento do gênero humano".

Compreender a capacidade intelectual do homem como um produto em movimento dos processos sócio-históricos, como propõe a psicologia científica que parte dos princípios do marxismo, implica compreender que,

> Para explicar as formas mais complexas de vida consciente do homem é imprescindível sair dos limites do organismo, buscar as origens desta vida

consciente e do comportamento 'categorial', não nas profundidades do cérebro ou da alma, mas sim nas condições externas da vida e, em primeiro lugar, da vida social, nas formas histórico-sociais da existência do homem (VYGOTSKY *apud* LÚRIA, 1986, p. 20-21).

Neste sentido, Lúria (1991), ao tratar da atividade consciente e suas raízes sócio-históricas, realiza uma análise que, julga-se, seja de fundamental importância para os propósitos colocados. O autor sintetiza as diferenças entre o comportamento animal e a atividade consciente no homem em três traços fundamentais: o primeiro consiste em que a atividade consciente no homem não se liga necessária e obrigatoriamente a motivos biológicos. Como coloca o autor "[...] a grande maioria dos nossos atos não se baseia em quaisquer inclinações ou necessidades biológicas. Via de regra, a atividade do homem é regida por complexas necessidades, freqüentemente chamadas de 'superiores' ou 'intelectuais'" (LÚRIA, 1991, p. 71). O segundo traço característico da atividade consciente do homem consiste em que, diferentemente do animal, ela não é forçosamente determinada por impressões evidentes, imediatas, recebidas do meio e pela experiência empírica.

> Sabendo que a água do poço está envenenada, o homem nunca irá bebê-la, mesmo que esteja com muita sede; neste caso, seu comportamento não é orientado pela impressão imediata da água que o atrai mas por um conhecimento mais profundo que ele tem da situação (LÚRIA, 1991, p. 72).

Por fim, o terceiro traço característico da atividade consciente humana diz respeito ao fato de que

> Diferentemente do animal, cujo comportamento tem apenas duas fontes - 1) os programas hereditários de comportamento, jacentes no genótipo e 2) os resultados da experiência individual –, a atividade consciente no homem possui uma terceira fonte: a grande maioria dos conhecimentos e habilidades do homem se forma por meio da *assimilação da experiência de toda a humanidade*, acumulada no processo da história social e transmissível no processo de aprendizagem (LÚRIA, 1991, p. 73) (grifos nossos).

Nesta terceira característica da atividade consciente do homem apontada por Lúria, pode-se verificar, ainda que implicitamente, o papel da mediação semiótica no desenvolvimento e na aprendizagem como processos humanos. A experiência acumulada pela humanidade, os conhecimentos produzidos ao longo do desenvolvimento histórico, traduzem-se, na concepção vygotskyana, em relações sociais interiorizadas e, tanto o processo de interiorização quanto o de objetivação, implicam em processos de mediação tipicamente humanos. Daí que as funções psicológicas superiores têm sua origem nos processos sociais. Ou, no dizer de Pino (1991, p. 34),

> O desenvolvimento psíquico é o resultado da ação da sociedade sobre os indivíduos para integrá-los na complexa rede de relações sociais e culturais que constituem uma formação social. As funções psicológicas são efeito/causa da atividade social dos homens, resultado de um processo histórico de organização da atividade social. Para tornar-se um ser 'humano', a criança terá de 'reconstituir' nela (não simplesmente reproduzir) o que já é aquisição da espécie. Isso supõe processos de inter-ação e inter-comunicação sociais que só são possíveis graças a sistemas de mediação altamente complexos, produzidos socialmente.

Nesse movimento de internalização dos inventos sociais que desenvolvem no indivíduo funções psicológicas especificamente humanas, e para o qual a linguagem constitui-se fator imprescindível, ocorre simultaneamente o aprendizado do saber e do fazer da humanidade.

Sobre isso, Vygotsky (1996a), ao tratar dos modos de domínio sobre a memória e o comportamento, referindo-se a operações com o uso de signos mediadores, coloca que:

> Elas estendem a operação de memória para além das dimensões biológicas do sistema nervoso humano, permitindo incorporar a ele estímulos artificiais, ou autogerados, que chamamos de *signos*. Essa incorporação característica dos seres humanos, tem o significado de uma forma inteiramente nova de comportamento. A diferença essencial entre esse tipo de comportamento e as funções elemen-

> tares será encontrada nas relações entre estímulos e as respostas em cada um deles. As funções elementares têm como característica fundamental o fato de serem total e diretamente determinadas pela estimulação ambiental. No caso das funções superiores, a característica essencial é a estimulação autogerada, isto é, a criação e o uso de estímulos artificiais que se tornam a causa imediata do comportamento (VIGOTSKY, 1996a, p. 52-53).

O que significa dizer que o sujeito se apropria através da relação que estabelece com os objetos e com o que neles está contido em termos de conhecimentos produzidos historicamente, o que não é dado ao sujeito pela relação direta com o objeto, mas pela teia de signos construída pela humanidade e transmitida pela linguagem nos seus mais diferentes aspectos. Por isso, a relação entre objeto e sujeito do conhecimento passa por um terceiro elemento mediador: o signo. No dizer de Bakhtin (1992, p. 49) "[...] o organismo e o mundo se encontram no signo".

O signo, enquanto instrumento psicológico mediador, tem, segundo a psicologia histórico-cultural, a tarefa de organizar os processos mentais internos dos sujeitos humanos de tal modo que esses tomem consciência do seu particular funcionamento. Ou seja, pela mediação semiótica que ocorre no contexto de convivências, experiências e convenções sociais, os sujeitos humanos se capacitam ao conhecimento da experiência acumulada ao mesmo tempo em que produzem novas significações, tornando-se, de certa forma, independentes das mediações externas. Assim, o instrumento psicológico internalizado a partir das mediações sociais, como diz Vygotsky, do social para o individual, transforma-se em signo mediador de atitudes e de comportamentos conscientes do indivíduo. Ou ainda, como propõe Pino (1991, p. 36) "[...] é pela mediação dos signos que a criança se incorpora progressivamente à comunidade humana, internalizando sua cultura e tornando-se um indivíduo social, ou seja, humanizado".

As funções psicológicas superiores, tipicamente humanas, não constituem, nesse caso, nenhuma providência divina, tampouco um amontoado de hábitos ou adaptações do organismo ao meio. Antes, constituem-se em interiorização da cultura que é expressão da história. Ou como coloca Vygotsky, parafraseando Marx, "[...] são relações sociais interiorizadas" (*apud* PINO, 1991 p. 34). Vale sublinhar que, na concepção marxista de Vygotsky e seus colaboradores, a cultura não traduz algo estático, parado ou imutável, mas ao contrário, a cultura traduz uma forma de organização e reorganização da matéria socialmente constituída e em permanente movimento. O que dá ao homem a condição de apropriar-se das objetivações de sua cultura sem que isso signifique sua adaptação passiva ao meio, mas construção e reconstrução permanente da própria história.

Como propõe Vygotsky, a aprendizagem constitui, neste caso, um fenômeno que ocorre desde o nascimento do indivíduo e que, em última instância, promove, num processo permanente, o desenvolvimento do próprio sujeito. O autor reconhece que desenvolvimento e aprendizagem são fenômenos distintos e interdependentes, de tal modo que um torna o outro possível.

O conceito de *zona de desenvolvimento proximal* de Vygotsky, sugere uma leitura mais completa e elaborada dessa questão, visto que, como coloca o próprio autor, esse conceito permite definir "[...] aquelas funções que ainda não amadureceram, mas que estão em processo de maturação [...]" (VYGOTSKY *apud* PINO, 1991, p. 113), permitindo, sobretudo a psicólogos e educadores, compreender o curso interno do desenvolvimento da criança ou do jovem com o qual trabalha.

> [...] Usando esse método podemos dar conta não somente dos ciclos e processos de maturação que já foram completados, como também daqueles processos que estão em estado de formação [...]. Assim, a zona de desenvolvimento proximal permite-nos delinear o futuro imediato da criança e seu estado dinâmico de desenvolvimento, propiciando o acesso não somente ao que já foi atingido através do desenvolvimento, como também àquilo que está em processo de maturação (VYGOTSKY *apud* PINO, 1991, p. 113).

Segundo Vygotsky (1996a, p. 112), o que define a zona de desenvolvimento proximal

> [...] é a distância entre o nível de desenvolvimento real, que se costuma determinar através da solução independente de problemas, e o nível de desenvolvimento potencial, determinado através da solução de problemas sob a orientação de um adulto ou em colaboração com parceiros mais capazes.

O primeiro nível indica o desenvolvimento mental retrospectivo. Ou seja, indica o desenvolvimento de funções psicológicas que são, portanto, resultados, produtos de determinados ciclos de desenvolvimento que já se completaram. Um ensino centrado naquilo que a criança já é capaz por si só de realizar, nada acrescenta ao desenvolvimento da mesma, enfatiza Vygotsky.

Entretanto, o desenvolvimento de estratégias de ensino que incidam sobre aqueles processos mentais que estão em vias de se completarem e que, necessariamente privilegiam esquemas interativos, de trocas entre diferentes pares, permitem acelerar o processo de desenvolvimento do indivíduo, visto que promovem a intervenção permanente e deliberada de outras falas, outras experiências, outros ângulos de operação de uma mesma problemática. Neste caso, parece correto dizer, a aceleração da aprendizagem de crianças com defasagem idade/série, não se afirma mediante a separação destas de outras crianças cuja idade e ciclo de formação não apresenta defasagem, uma vez que "[...] o aprendizado humano pressupõe uma natureza social específica e um processo através do qual as crianças penetram na vida intelectual daquelas que a cercam" (VYGOTSKY, 1996a, p. 115). Por isso, insiste o autor, "[...] a noção de zona de desenvolvimento proximal capacita-nos a propor uma nova fórmula, a de que o 'bom aprendizado' é somente aquele que se adianta ao desenvolvimento" (p. 117). Logo, o fundamento da organização do ciclo de formação não pode estar na divisão por idades, mas no modo de organização do espaço escolar como espaço privilegiado de interações sociais entre indivíduos, também, com idades diferentes. É a inter-relação com indivíduos mais experimentados da cultura que promove o desenvolvimento.

Para a psicologia histórico-cultural de Vygotsky, a idade cronológica tem a função de indicar o tempo de vida biológica e suas características. Entretanto, esse tempo biológico não permite apontar com precisão as capacidades de aprendizagem de cada indivíduo. Desta forma, pondera o autor, sob o ponto de vista dos ciclos de desenvolvimento, duas crianças de mesma idade cronológica, podem apresentar-se de forma completa; já a dinâmica de desenvolvimento das duas pode apresentar-se de modo inteiramente diferente.

Um aspecto, cuja leitura e compreensão parecem imprescindíveis, no caso da literatura e da experiência em debate, diz respeito à consideração de que tanto aquilo que o indivíduo conhece e que determina o seu nível real de desenvolvimento, quanto aquilo que está por vir, que está próximo, carece de entendimento no interior de um processo dinâmico de desenvolvimento humano, de modo que desmistifique qualquer noção arbitrária que possa conduzir a uma leitura ingênua e distorcida do que, de fato, pretendem dizer. Trata-se de clarificar o fato de que, para a psicologia histórico-cultural, o caráter de humanidade é conferido ao homem à medida que esse é parte interativa de um processo social e histórico. Ou seja, é internalizando os padrões culturais de um legado específico que se forjam homens e mulheres enquanto seres humanos e históricos. No dizer de Leontiev "[...] cada indivíduo aprende a ser um homem. O que a natureza lhe dá quando nasce não lhe basta para viver em sociedade. É-lhe ainda preciso adquirir o que foi alcançado no decurso do desenvolvimento histórico da sociedade humana" (LEONTIEV, 1978 *apud* FERREIRA, 1986, p. 74).

Logo, o nível de desenvolvimento real de um sujeito humano não lhe é conferido por ocasião do nascimento mas, ao contrário, trata-se de aprendizagens já concluídas em espaços sociais interativos, alternativos, inclusive, a escola. Para essa abordagem psicológica do indivíduo, o processo de desenvolvimento das funções psicológicas superiores, tipicamente humanas, percorrem um caminho que vai do social para o individual.

É a internalização do conhecimento produzido pela humanidade ao longo do processo histórico e disponível no meio social em que a criança vive, e cuja transmissão e assimilação se dão principalmente pela linguagem, que permite a ela desenvolver-se como sujeito humano. O processo de aquisição do conhecimento se dão, portanto, no curso do desenvolvimento das situações reais de vida. Logo, compreender essas relações passa a ser fundamental para uma leitura do aluno enquanto sujeito aprendente. Essas relações nas quais o indivíduo se insere e se forja como sujeito humano, não se definem como consciência individual. Antes, são produto das condições sociais e históricas concretas nas quais se coloca esse indivíduo, onde se constitui e se processa sua atividade consciente.

Assim, sendo a atividade consciente do homem um reflexo das condições reais de vida desse sujeito, é nelas que se encontram os elementos fundamentais para a compreensão do indivíduo enquanto sujeito humano concreto.

Para uma leitura do processo de aprendizagem do aluno como sujeito humano concreto

Para a perspectiva histórico-cultural, pode-se dizer que, enquanto sujeito humano concreto, cada indivíduo constitui-se como produto e processo de múltiplas relações sociais que, por sua vez, não são fenômenos imediatos aos quais o indivíduo responde quase que instintivamente. Trata-se de relações marcadas por acontecimentos históricos que vão desde o modo de organização da produção de uma dada sociedade até os padrões de comportamento e valores que marcam os processos subjetivos de cada sujeito humano. Entretanto, ao se considerar que a própria subjetividade constitui-se por um processo de apropriação das objetivações feitas pela humanidade ao longo da história, pode-se dizer que ela, então, é um processo inerente à própria história.

A compreensão da subjetividade humana, assim como a atividade consciente, carece ser buscada nas relações concretas da sociedade organizada pelos homens. "Cada indivíduo, para se objetivar enquanto ser humano, enquanto ser genérico, precisa estar inserido na história" (DUARTE, 1993, p. 40). Essa leitura oferece elementos imprescindíveis para o entendimento do sujeito concreto e, conseqüentemente, do aluno concreto.

As relações sociais ocorrem no interior de um contexto que se articula em torno de um modo de produção marcado por processos de convencimento da veracidade do modelo de produção vigente. É precisamente, no bojo dessas relações que se pode construir instrumentos efetivos para uma leitura do aluno concreto e de uma pedagogia do concreto, caracterizada pela capacidade de elaboração de estratégias pedagógicas, cuja função está em mediar processos de compreensão da realidade sócio-histórica. Ou ainda, no sentido colocado por Duarte (1993), uma pedagogia que considere a formação do indivíduo enquanto um processo que se executa a partir e no enfrentamento que esse indivíduo realiza, em situações concretas, singulares, determinadas por relações sociais concretas, mas que contém, ao mesmo tempo, as relações com a objetivação universal do gênero humano. Isto é, ainda que se volte para a capacitação do indivíduo para uma leitura de processos que ocorrem na singularidade cotidiana, a prática pedagógica não perca de vista o fato de que, inerente à singularidade, encontra-se um conjunto de relações sociais mais amplas e vice-versa.

Sendo assim, qualquer leitura que considere a concreticidade do sujeito humano marcada pela história das relações sociais, não pode prescindir da existência, no interior da sociedade, de classes sociais antagônicas. Sobretudo em se tratando de um processo histórico hegemonicamente capitalista. Lukács (1982) citado por Duarte (1993, p. 114), aponta para o fato de que

> [...] uma das dificuldades teóricas na captação da relação entre a consciência que o indivíduo tem de si mesmo e a consciência que ele tem da universalidade do gênero humano, consiste em que a relação consciente com essa universalidade, enquanto atributo da vida de todos os indivíduos é, ainda apenas uma possibilidade cuja concretização depende da superação das relações sociais capitalistas.

Não se trata apenas de uma análise dos processos produtivos em si, desenvolvidos no interior do modo capitalista de produção, mas de como esses processos são valorados e objetivados nas e pelas relações sociais. E mais, de como se tornam senso comum e, por isso, perpetuam relações de exclusão e desigualdade não apenas em se tratando da relação entre classe dominante e classe dominada, mas da presença que marcam nas relações intraclasse, sobretudo no que se refere aos dominados. Relembrando Marx (1975, p. 166),

> A alienação do homem e, acima de tudo, a relação em que o homem se encontra consigo mesmo, realiza-se e exprime-se primeiramente na relação do homem aos outros homens. *Assim, na relação do trabalho alienado, cada homem olha os outros homens segundo o padrão e a relação em que ele próprio, enquanto trabalhador, se encontra* (grifos nossos).

Contudo, é interessante notar que no mesmo processo de alienação do homem em relação, não apenas ao trabalho em si, mas à vida como um todo, estão, a um só tempo, a não-pertença do produto a quem o produz e, nesse produto (objetivação da criação humana) a máxima possibilidade de existência da vida humana. Quer dizer, o produto do trabalho humano, no interior do modo capitalista de produção, objetiva tanto o ápice da capacidade humana num determinado momento da história, quanto a distância do desenvolvimento do gênero humano por um significativo contingente de indivíduos. Exatamente aqueles que, por força das circunstâncias criadas pelos homens na história, põem a sua atividade e o produto dela a serviço, sob o domínio, a coerção e o jugo dos outros. No dizer de Marx (1975, p. 168):

Assim como ele cria a sua produção como sua desrealização, como a sua punição, e o seu produto como perda, como produto que não lhe pertence, da mesma maneira cria o domínio daquele que não produz sobre a produção e o respectivo produto. Assim como aliena a própria actividade, da mesma maneira outorga a um estranho a actividade que não lhe pertence.

Adiante, ao tratar da relação da propriedade privada, Marx (1975, p. 173) acresenta:

> [...] O trabalhador produz o capital, o capital produz o trabalhador. Assim, ele produz-se a si mesmo, e o homem enquanto trabalhador, enquanto mercadoria, constitui o produto de todo o processo. O homem não passa de simples trabalhador e, enquanto trabalhador, as suas qualidades humanas existem apenas para o capital que lhe é estranho.

Entretanto, o próprio capital é estranho ao trabalhador, enquanto produto do desenvolvimento do gênero humano. Instala-se um paradoxo: o mesmo processo de alienação é também o terreno onde se explicitam as realizações do gênero humano naquilo que representa o máximo de suas possibilidades históricas. Conforme Duarte (1933 p. 155-156):

> O fato de toda a concepção da história em Marx estar direcionada para a superação da história alienada, para a superação da 'pré-história', não impediu que Marx visse a função humanizadora da alienação. Em outras palavras, a alienação dos indivíduos em relação às possibilidades de vida humana tem sido na 'pré-história', uma das condições do processo de desenvolvimento do gênero humano.

O homem, para a concepção histórico-social, se objetiva, se faz homem, se cria ao longo do processo histórico através de sua própria atividade de objetivação-apropriação. Entretanto, esse mesmo homem, pode alienar-se das forças essenciais da produção. Elas tornam-se forças estranhas ao seu próprio criador que, por sua vez se forja nelas. Ou seja, a alienação torna-se produto do próprio homem, pois, como explica Marx (1975, p. 165-166), nos manuscritos:

> É precisamente na acção sobre o mundo objetivo que o homem se manifesta como verdadeiro *ser genérico*. Tal produção é a sua vida genérica activa. Através dela, a natureza surge como a *sua* obra e a *sua* realidade. Por conseguinte o objecto do trabalho é a *objectivação da vida genérica do homem:* ao não reproduzir-se apenas intelectualmente, como na consciência, mas activamente, ele duplica-se de modo real e intui o seu próprio reflexo num mundo por ele criado. Pelo que, na medida em que o trabalho alienado subtrai ao homem o objecto de sua produção, furta-lhe igualmente a sua *vida genérica*, a sua objectividade real como ser genérico, e transforma em desvantagem a sua vantagem sobre o animal, porquanto lhe é arrebatada a natureza, o seu corpo inorgânico (grifos no original) (MARX, 1975, p. 165-166).

Conforme Duarte (1993), do mesmo modo que os meios e os produtos da atividade humana se constituem enquanto objetivações do gênero humano, o mesmo ocorre com as relações entre os homens. Cada homem nasce inserido na socialidade, objetiva-se nela. Mas, para objetivar-se, carece de se apropriar das relações já existentes com as quais depara-se desde o início de sua vida. Esse processo aparece à humanidade como algo dado, natural. Os homens interiorizam a socialidade através de uma identificação espontânea com a situação dada. Não têm, pelas circunstâncias da história de alienação, condições de alcançar um certo grau de liberdade enquanto gênero humano. Tal alcance, na perspectiva teórica em debate, se efetiva somente à medida que os homens submetem as relações sociais objetivadas ao seu controle consciente, e esse não é um procedimento espontâneo.

Ocorre que, no processo histórico onde se hegemonizaram relações capitalistas de produção, os indivíduos se humanizam mediatizados por mecanismos tanto de caráter prático quanto, simbólico de alienação. O que, na cotidianidade dos sujeitos, materializa crenças, valores e comportamentos desejados pela classe dominante e que, aparecem aos dominados como processos naturais e não como produções das relações historicamente travadas nas e pelas formas de organização social.

Neste sentido, compreender o sujeito humano como individualidade concreta, isto é, como indivíduo constituído no processo histórico, implica compreender tanto o processo histórico no qual ele se forja enquanto apropriação que realiza do gênero humano, como compreender que, de modos distintos, essa objetivação enquanto gênero humano determina modos de ser e de viver o cotidiano da história. Compreenda-se como gênero humano a categoria que explicita o ser humano histórico, constituído em *humano* ao longo da própria história que ele constrói ao humanizar-se.

A noção de cotidiano é aqui traduzida por Heller (1987), que trata como sendo a cotidianidade do homem o lugar onde se materializam e se perpetuam, em certa medida, processos de alienação do próprio homem. Como coloca a autora:

> A vida cotidiana é a vida do homem inteiro; ou seja, o homem participa da vida cotidiana com todos os aspectos de sua individualidade, de sua personalidade. Nela, colocam-se 'em funcionamento' todos os seus sentidos, todas as suas capacidades intelectuais, suas habilidades manipulativas, seus sentimentos, paixões, idéias, ideologias [...] o homem da cotidianidade é atuante e fruidor, ativo e receptivo, mas não tem nem tempo nem possibilidade de se absorver culturalmente em nenhum desses aspectos; por isso, não pode aguçá-los em toda sua intensidade (HELLER, 1987, p. 17-18).

Adiante ainda, ao se referir aos momentos característicos do comportamento e do pensamento cotidianos, a autora chega ao significado do processo de alienação da vida cotidiana: "[...] a vida cotidiana, de todas as esferas da realidade, é aquela que *mais se presta à alienação,* por causa da coexistência 'muda', em-si, de particularidade e genericidade, a atividade cotidiana pode ser atividade humano-genérica não consciente" (HELLER, 1987, p. 37. grifo nosso).

A relação entre alienação e vida cotidiana é explicada por Heller (1987) tendo em vista a teia de relações que se produzem numa sociedade, num sentido próximo ao dado por Lucáks, citado por Duarte (1993) já destacado neste texto. Para a autora, quanto maior for a alienação produzida pela estrutura econômica de uma dada sociedade, mais a vida cotidiana irradiará sua própria alienação para as demais esferas. Nas palavras da mesma: "Existe alienação quando ocorre um abismo entre o desenvolvimento humano-genérico e as possibilidades de desenvolvimento dos indivíduos humanos, entre a produção humano-genérica e a participação consciente do indivíduo nessa produção" (p. 38).

Compreender esse processo exige, entretanto, conhecer, ainda que sumariamente, o que Heller (1987) categoriza como características da vida cotidiana. Para a autora, a caraterística dominante da vida cotidiana é a espontaneidade que caracteriza tanto as motivações e atividades particulares quanto as atividades humano-genéricas que nela têm lugar. Logicamente, pondera a autora:

> Nem toda a atividade é espontânea no mesmo nível, assim como tampouco uma mesma atividade apresenta-se como identicamente espontânea em situações diversas, nos diversos estágios de aprendizado. Mas em todos os casos a espontaneidade é a tendência de toda e qualquer forma de atividade humana (HELLER, 1987, p. 30).

No centro dessa característica apontada por Heller, faz-se necessário destacar ainda o seu caráter de movimento. O que significa dizer que a espontaneidade não caracteriza uma passividade do homem, ou, nas palavras da autora:

> [...] a espontaneidade não se expressa apenas na assimilação do comportamento consuetudinário e do ritmo da vida, mas também no fato de que essa assimilação faz-se acompanhar por motivações efêmeras, em constante alteração, em permanente aparecimento e desaparecimento (HELLER, 1987, p. 30).

O homem, também, na vida cotidiana, atua com base na probabilidade, outra característica destacada por Heller (1987). A dinâmica da cotidianidade não permite calcular a conseqüência possível de uma ação com segurança científica, visto que, coloca a autora, não haveria mesmo tempo para fazê-lo na multiplicidade e riqueza das atividades cotidianas.

> [...] no caso médio, a ação pode ser determinada por avaliações probabilísticas suficientes para que se alcance o objetivo ousado. Os conceitos de caso 'médio' e segurança 'suficiente' apresentam neste contexto, a mesma importância. O primeiro indica o fato de que são perfeitamente possíveis casos em que fracassam as considerações probalísticas. Nesses casos, podemos falar de catástrofes da vida cotidiana (HELLER, 1987, p. 31).

A ação baseada na probabilidade constitui-se, segundo Heller (1987), num risco imprescindível e necessário para a vida. A existência da ação probalística indica o economicismo da vida cotidiana como mais uma característica helleriana:

> [...] toda categoria da ação e do pensamento manifesta-se e funciona exclusivamente enquanto é imprescindível para a simples continuidade da cotidianidade; normalmente, não se manifesta com profundidade, amplitude ou intensidade especiais, pois isso destruiria a rígida 'ordem' da cotidianidade (HELLER, 1987, p. 31).

Então reforça Heller (1987, p. 31): "[...] o pensamento cotidiano orienta-se para a realização de atividades cotidianas e, nessa medida é possível falar de unidade imediata de pensamento e ação na cotidianidade". Porém, manifesta-se a autora, as idéias que movem o pensamento cotidiano não se elevam ao plano da teoria; do mesmo modo que a atividade cotidiana não é práxis. Esta só se caracteriza na passagem para a "atividade humano-genérica consciente". A atividade cotidiana, considera a autora, é uma parte da práxis e, poderia-se acrescentar, enquanto atividade cotidiana portadora das características citadas, revela muito mais uma generecidade *em si* no sentido colocado por Duarte (1993). Ou seja, uma generecidade que age e reage mediada pelas características da cotidianidade, num processo relativamente inconsciente das relações nas quais se insere.

Nesse caso, parece correto supor que a elevação ao plano do humano-genérico consciente constitui-se na passagem da generecidade *em si* para uma generecidade *para si*.

> [...] é a questão da relação entre a cotidianidade da vida individual e a universalidade do gênero, mediada pelas relações sociais concretas que determinam essa cotidianidade. No caso da pré-história, isto é, das sociedades estruturadas através das relações alienadas, os indivíduos normalmente não vivem a sua cotidianidade enquanto um âmbito da vida social no qual eles se objetivam de forma dirigida pela relação com o gênero humano. E, quando pensam que assim estão agindo, ocorre, com freqüência, que os valores pretensamente humano-universais, que estariam dirigindo as ações, têm apenas a função de escamoteamento dos motivos reais dessas ações. Isso significa que os seres humanos não vivenciam a unidade do gênero em suas vidas individuais? Não, significa apenas que essa vivência se efetiva ao nível da genericidade 'em si' (DUARTE, 1993, p. 115).

Ainda em Heller (1987), a unidade imediata entre pensamento e ação, se por um lado desnuda a inexistência de uma práxis verdadeira na cotidianidade, por outro, implica a inexistência de parâmetros comparativos entre o "correto" e o verdadeiro, "[...] na cotidianidade; o correto é também 'verdadeiro'. Por conseguinte a atitude da vida cotidiana é absolutamente pragmática". O pragmatismo então, confere à vida cotidiana mais uma de suas características.

Além das já citadas, a autora aponta para outras características não menos importantes, para a compreensão da vida cotidiana como vida de todo o homem. Segundo Heller (1987), na cotidianidade os homens ainda agem por analogia. Uma qualidade que caracteriza o pensamento cotidiano como um pensamento ultrageneralizador. Ou seja, que se pauta em juízos provisórios que, na prática, confirmam, refutam, enfim, orientam a capacidade de ação humana. Mas, pondera a autora, os juízos provisórios que se enraízam na particularidade, isto é, na individualidade em si e, por conseguinte, embasam-se na fé e não na confiança, constituem-se em pré-juízos ou preconceitos. Esses juízos provisórios transformam-se em exemplos particulares de ultrageneralização, "[...] pois é característico da vida cotidiana em geral o manejo grosseiro do 'singular'"(HELLER, 1987).

> Sempre reagimos a situações singulares, respondemos a estímulos singulares e resolvemos problemas singulares. Para podermos reagir, temos de subsumir o singular, do modo mais rápido possível, sob alguma universalidade; temos de organizá-lo em nossa atividade cotidiana, no conjunto de nossa atividade local; em suma temos de resolver o problema. Mas não temos tempo para examinar todos os aspectos do caso singular, nem mesmo os decisivos: temos de situá-lo o mais rapidamente possível sob o ponto de vista da tarefa colocada (HELLER, 1987, p. 35).

A necessidade de rapidez na ação cotidiana é, segundo a autora, auxiliada pelos vários tipos de ultrageneralização, e a analogia constitui-se suporte fundamental neste caso, o que a classifica como um tipo de ultrageneralização presente no cotidiano. Sobre analogia a autora coloca:

> [...] de certo, o juízo provisório de analogia pode-se cristalizar em preconceito; pode ocorrer que já não prestemos atenção a nenhum fato posterior que contradiga abertamente nosso juízo provisório, tanto podemos nos manter submetidos à força de nossas próprias tipificações, de nossos preconceitos (HELLER, 1987, p. 35).

Com isso, a autora refere-se ao fato de que se, por um lado, os juízos provisórios analógicos são inevitáveis ao entendimento do pensamento do homem no cotidiano; por outro, podem incorrer num processo de fossilização das ações e relações cotidianas traduzindo o que Heller (1987) chama de catástrofe da vida cotidiana.

O mesmo pode ocorrer com o uso de precedentes, outra característica da vida cotidiana apontada por Heller. Apoiar-se em precedentes para o conhecimento de uma situação ou mesmo para o conhecimento de pessoas, constitui um indicador útil para o comportamento cotidiano. Não se trata, portanto, de um "mal". "Essa atitude tem efeitos negativos, ou mesmo destrutivos, apenas quando nossa percepção do precedente nos impede de captar o novo, irrepetível e único de cada situação" (HELLER, 1987, p. 36).

A autora, ainda se refere à imitação e à entonação como características fundamentais do pensamento e do comportamento humano na cotidianidade. Com relação à primeira, a autora coloca:

> Não há vida cotidiana sem imitação. Na assimilação do sistema consuetudinário, jamais procedemos meramente 'segundo preceitos', mas imitamos os outros [...], como sempre, o problema reside em saber se somos capazes de produzir um campo de liberdade individual de movimentos no interior da mimese (HELLER, 1987, p. 36).

Sobre a segunda, acrescenta:

> O aparecimento de um indivíduo em um dado meio 'dá o tom' do sujeito em questão, produz uma atmosfera tonal específica em torno dele e que continua depois a envolvê-lo. A pessoa que não produz essa entonação carece de individualidade, ao passo que a pessoa incapaz de percebê-la é insensível a um aspecto importantíssimo das relações humanas. Mas conservar-se preso a essa realidade seria outro tipo de ultrageneralização, mais no terreno emocional, nesse caso, que naquele dos juízos (HELLER, 1987, p. 36-37).

A necessária separação didática para fins de explanação não deve omitir, assegura a autora, a conexão existente entre todos esses momentos característicos do comportamento e do pensamento cotidianos. Ou seja, o homem do cotidiano, como homem por inteiro, vivencia todos esses momentos. Entretanto:

> [...] as formas necessárias da estrutura e do pensamento da vida cotidiana não devem se cristalizar em absolutos, mas têm de deixar ao indivíduo uma margem de movimento e possibilidades de explicitação [...]. Se essas formas se absolutizam, encontramo-nos diante da alienação da vida cotidiana (HELLER, 1987, p. 37).

Chega-se, deste modo, a uma explicação possível do processo de alienação que, como coloca a própria autora em questão é, sobretudo, "[...] sempre alienação em face de alguma coisa e, mais precisamente, em face das possibilidades concretas de desenvolvimento genérico da humanidade" (p. 37).

Entendidas no interior de um modelo de sociedade específica, o modelo capitalista e a necessidade de auto-afirmação e manutenção por ele demandada, parece sugerir o cumprimento de uma tarefa imprescindível. No caso da imitação, por exemplo, a mimese, que é sempre em relação ao outro, pode ser conduzida para a mutação de valores, crenças e comportamentos típicos da classe dominante o que, nesse caso, como um processo devidamente controlado por um ideário específico, estaria impedindo a margem de movimento e autenticidade necessária à produção de liberdade do indivíduo. Imitar o opressor constituiria, então, um bom modo de incorporá-lo sem questionamentos maiores.

Assim, a reificação, via imitação, de atitudes características da classe dominante pelos indivíduos da classe dominada, na sua cotidianidade, não só estaria garantindo a hegemonia capitalista neoliberal como, paralelamente, produzindo a alienação tão característica da vida cotidiana. Já que, por reificar tais processos, o sujeito também impede o movimento que poderia viabilizar o ser e o não ser dialético da característica tomada como exemplo. A questão acerca do indivíduo como ser concreto torna-se mais clara nas palavras de Paulo Freire (1981, p. 33):

> A estrutura de seu pensar [referindo-se ao oprimido] se encontra condicionada pela contradição vivida na situação concreta, existencial, em que se 'formam'. O seu ideal é, realmente, ser homens, mas, para êles, ser homens, na contradição em que sempre estivera e cuja superação não lhes é clara, é ser opressores. Estes são o seu testemunho da humanidade.

Como colocam Marx e Engels (1993, p. 37)[8], para compreender o homem na sua concreticidade

> [...] não se parte daquilo que os homens dizem, imaginam ou representam e tampouco dos homens pensados, imaginados e representados para, a partir daí chegar aos homens em carne e osso; parte-se dos homens realmente ativos e, a partir de seu processo de vida real, expõe-se também o desenvolvimento dos reflexos ideológicos e dos ecos desse processo de vida. E mesmo as formações

> nebulosas no cérebro dos homens são sublimações necessárias do seu processo de vida material, empiricamente constatável e ligado a pressupostos materiais [...]. Não têm história, nem desenvolvimento; mas os homens, ao desenvolverem sua produção material e seu intercâmbio material, transformam também, com esta sua realidade, seu pensar e os produtos do seu pensar. Não é a consciência que determina a vida, mas a vida que determina a consciência.

Ou seja, o modo como produz e reproduz a própria vida, as relações que o enredam na concreticidade cotidiana são fatores fundamentais na definição do seu modo de pensar e de se comportar. Dizendo de outra forma, a atividade consciente do homem, como colocado anteriormente, é produto das relações de vida concreta desse sujeito. Mas compreender o sujeito humano na sua concreticidade impõe a explicitação de alguns elementos que favoreçam a ampliação da análise, do debate e ofereçam subsídios efetivos, sobretudo quando se tem em vista uma pedagogia transformadora.

Aceleração da Aprendizagem: de indivíduos concretos

Uma caracterização do aluno com defasagem idade/série, cuja aprendizagem deve ser acelerada, não pode limitar-se a uma descrição empírica do histórico escolar desse aluno, tampouco reduzir-se ao desenho imediato de suas condições de vida em termos sociais e econômicos. Ao contrário, caracterizar o aluno que freqüenta o Programa de Aceleração da Aprendizagem do qual se trata neste estudo, significa compreendê-lo no bojo de relações sociais mais amplas. Implica vê-lo como sujeito concreto, pleno de contradições e historicidade; com valores, atitudes e comportamentos que, pela ótica dominante, não atendem aos paradigmas postos e, pela ótica dominada, podem estar reproduzindo comportamentos típicos de seus opressores, visto que, as relações nas quais se objetiva enquanto ser humano favorecem a construção de uma atividade consciente com tais características.

Fazer do Programa de Aceleração da Aprendizagem de alunos com defasagem idade/série, um espaço de reconstrução da prática pedagógica, de modo a colocá-la efetivamente a serviço dos interesses populares, implica, entre outros fatores relevantes, saber que esse aluno é, na sua cotidianidade, um homem/mulher por inteiro e nela vive todas as nuances possíveis de sua vida. Um ser que se objetiva e se relaciona com a realidade do modo mais consciente que lhe é possível. Nesse sentido, a concepção de vida que possui revela o resultado de uma síntese individual que realiza, e esta, por sua vez, traduz-se numa elaboração da experiência, marcada pelos componentes ideológicos presentes nas relações sociais nas quais se insere.

Parece igualmente válida a leitura capaz de observar que a socialidade vivida pelo indivíduo não se caracteriza apenas por um aspecto e, nela, o indivíduo não encontra apenas um modelo de apropriação das objetivações humanas para a construção de sua individualidade. "As sociedades das quais o indivíduo participa, são numerosas, mais do que pode parecer. É através dessas 'sociedades' que o indivíduo faz parte do gênero humano" (GRAMSCI, 1978, *apud* DUARTE, 1993, p. 114). Reside nessa compreensão a crença na possibilidade concreta de que a escola, e nela, o programa de aceleração da aprendizagem, constitua-se em espaço vivo (sociedades), onde os indivíduos se apropriem de modos alternativos de elaboração da própria experiência, tornando-se com isso, sujeitos conscientes da história que fazem.

Tanto as formas de organizações sociais, quanto os indivíduos que nelas se objetivam são, sobretudo, históricos, portanto processuais e mutáveis na e pela história. Então, coloca o mesmo autor

> [...] embora a forma concreta de existência da generecidade seja a socialidade, a apropriação de uma socialidade concreta pelo indivíduo não possibilita necessariamente a objetivação plena desse homem enquanto ser genérico, isto é, pertencente ao gênero humano. Isso decorre do fato de que a objetivação do

> gênero humano se realiza ao longo da história conflituosa e heterogênea das relações entre as classes sociais e entre as esferas da vida social, fazendo com que a objetivação do indivíduo quando limitada ao âmbito próprio a determinadas relações sociais e a determinados valores, possa cercear o desenvolvimento da generecidade do indivíduo (GRAMSCI, 1978 *apud* DUARTE, 1993, p.111).

Então, uma práxis pedagógica que se coloque para além das relações excludentes da sociedade de mercado e vise, entre outras questões, não menos importantes, acelerar a aprendizagem de alunos com defasagem idade/série, precisa caracterizar-se pela leitura de que: a) esse aluno materializa nele não apenas um dado estatístico de evasão, repetência e fracasso escolar, mas um sujeito humano concreto, forjado nas múltiplas relações sociais que são, no mais das vezes, relações de exclusão; b) esse aluno é um sujeito histórico, ativo. Por isso, coloca-se por inteiro na vivência do seu cotidiano. Mas, sendo o cotidiano um espaço caracterizado pela contradição dialética, nele também encontram-se movimentos que permitem uma tomada de consciência sobre essa mesma cotidianidade. Assim, mesmo sendo um espaço que se presta muito mais à alienação, como mostram as características apontadas por Heller (1987), o cotidiano é pleno de conhecimentos, saberes e vivências; c) esses saberes e vivências constituem o ponto de partida e de chegada da práxis pedagógica transformadora. Pois trazem a essa mesma práxis indicadores importantes para a compreensão do aluno enquanto um sujeito concreto e constituem-se em ferramentas que permitem à práxis a mediação devida, capaz de conduzir à consciência de si no mundo e; d) a formação, por esse aluno, de uma relação consciente com seu processo histórico, isto é, entre sua vida concreta como um fenômeno histórico e socialmente determinado, não ocorre apenas valorando os elementos presentes no cotidiano desse aluno, mas requer a mediação da pedagogia para apropriação do saber elaborado que, embora tenha sido apropriado como propriedade privada pela classe dominante, é saber histórico, produzido por homens. Dessa relação entre saber popular cotidiano e saber elaborado historicamente podem emergir novas e revolucionárias interpretações acerca das relações por eles experienciadas.

O aprender a ler e escrever para o aluno em processo de aceleração, constitui-se numa apropriação de um código que materializa, em si, o caminho de relações trilhado pelos homens na luta pela sobrevivência, e, ainda, a possibilidade de não apenas reduzir os índices de analfabetismo, mas de reobjetivar-se como homem no interior das relações histórico-culturais em que se encontra. Portanto, possibilidade de reinterpretação da própria vida.

Ler e escrever, no interior da complexidade desenvolvida pela atividade humana, é condição fundamental para ganhar proximidade com consciência de si e do mundo, sobretudo quando a apropriação do código de comunicação constitui-se num movimento de apropriação de um objeto que "[...] gera, na atividade e na consciência do homem, novas necessidades e forças, faculdades e capacidades" (DUARTE, 1993, p. 35), promovendo o desenvolvimento da história humana. Pois, como coloca Duarte (1993, p. 40), referindo-se à metáfora empregada por Marx: "O indivíduo para se constituir em um ser singular, precisa se apropriar dos resultados da história e fazer desses resultados 'orgãos de sua individualidade'".

Logo, acelerar a aprendizagem de alunos com defasagem idade/série, na perspectiva da proposta em estudo, não se reduz à mera reposição de conteúdos, mas requer a construção de espaços — e essa parece ser a tarefa primordial da pedagogia transformadora —, que possibilitem a apropriação mediada das objetivações humanas como instrumentos que favoreçam o surgimento de novas habilidades cognitivas, que são também funções psicológicas de caráter especificamente humano. O momento de aprender a ler e escrever pode ser o momento onde se encontram a experiência singular de cada criança com outras experiências construídas pela humanidade, de caráter histórico-social.

Neste sentido, do ponto de vista da prática pedagógica, há uma importante implicação, se considerada essa prática como um elemento mediador entre a vida concreta cotidiana do sujeito e processos elaborados de pensamento capazes de encaminhá-lo a uma re-significação das relações nas quais está inserido. Ou, como coloca Duarte (1993, p.119), se pensada

> [...] como uma prática direcionada para a elevação da consciência do indivíduo, de uma relação consciente do indivíduo ao nível da generecidade para-si, ou seja, para a formação pelo indivíduo, de uma relação consciente entre sua vida concreta, histórica e socialmente determinada, e as possibilidades de sua objetivação ao nível da universalidade do gênero humano.

No âmbito do presente estudo, quando se pensa a aceleração da aprendizagem de alunos com defasagem idade/série, está se pensando na aprendizagem de sujeitos humanos concretos, isto é, indivíduos forjados nas relações sociais. Está se pensando um sujeito constituído por saberes, valores e modos de comportamento adquiridos pelo processo de apropriação que realizou até aqui, portanto, um aluno que possui um grau de desenvolvimento tal que lhe permita ser e vir a ser na conjuntura em que se encontra. Alguém que possui saberes que, no conjunto das relações de sua existência, constituem-se em ferramentas imprescindíveis, inclusive, para sua sobrevivência enquanto indivíduo e enquanto núcleo social familiar mais próximo. É problematizando esse saber que a ação pedagógica pode promover novos aprendizados e, conseqüentemente, contribuir para que cada indivíduo, em si e em conjunto, realize processos diferenciados e mais evoluídos.

Logo, conhecer e compreender, ainda que sumariamente, o cenário onde se constituem tais individualidades, passa a ser um conteúdo imprescindível que se procurará explicitar no próximo capítulo.

03

O CENÁRIO DA PESQUISA

O presente estudo parte do pressuposto de que é fundamental conhecer o processo histórico no qual se forjaram os sujeitos pesquisados. Neste sentido, com o valoroso auxílio de outras pesquisas já realizadas neste cenário, procura reconstituir, ainda que sumariamente, elementos da formação sócio-histórica do lugar da investigação. O cenário não é outra coisa senão ao paisagem geográfica, histórica e cultural que cumpre papel decisivo no processo de compreensão da problemática central em questão: quem é o aluno em processo de aceleração da aprendizagem?

Chapecó constitui-se num município com cerca de 135 mil habitantes e sua formação, como informa boa parte da literatura, está colada à concretização de um plano de desenvolvimento para o país desencadeado pelo processo de colonização branca/européia, encarregado de voltar a produção para as demandas do mercado capitalista mundial. Esse processo, em que pese as diferentes facetas assumidas na esfera nacional e as peculiaridades características de cada região, se faz presente, também, no processo histórico do Oeste catarinense[1] e, no âmbito dessa região, o município de Chapecó, abrigo da problemática da presente pesquisa. Como confirma Renk (1997, p. 48);

> [...] A eficácia do projeto colonizador requereu agente humano, cujo modelo foi o descendente do europeu vindo das *colônias velhas*, do Rio Grande do Sul.

Este aspecto traz similitudes com a ideologia da colonização européia no país, tendo como protagonistas os colonos 'trabalhadores', 'construtores do progresso e da civilização' (grifos da autora).

Para essa região vieram os filhos e filhas dos colonos italianos e alemães do início do século, para quem a terra ficara pequena no vizinho Estado do Rio Grande do Sul. Como informa Poli (1998, p.183),

> O processo de colonização, embora tenha se iniciado em 1910, só ganhou impulso após a solução do conflito de fronteiras entre Paraná e Santa Catarina, em 1916. A partir de então, o governo catarinense passou a dar um franco incentivo ao processo colonizador, em vista de consolidar sua presença na região. Porém, apesar do município de Chapecó ter sido desmembrado do município de Palmas já em 1917, parece mais correto afirmar que, em Chapecó e arredores, a colonização ganhou maior impulso a partir de 1930, aproximadamente, estendendo-se até a década de 60.

Uczai (1992), Renk (1994) e Poli (1998) são unânimes no argumento de que essa população branca, que colonizou o Oeste catarinense, caracterizava-se pela presença de casais jovens, "[...] a maior parte constituída pela segunda geração de imigrantes" (RENK, 1997, p. 63), em busca de terra para instalar-se, constituir família e implementar uma cultura de subsistência baseada na pequena propriedade. Esse deslocamento, afirma Uczai (1992 p.24) "[...] deve-se, antes de tudo, à impossibilidade do pequeno agricultor de se reproduzir enquanto tal no local de origem".

Um processo que, como demonstram Renk (1997) e Poli (1998), não se deu sem conflitos. Antes, pelo contrário, trouxe consigo todos os quisitos da cultura capitalista emergente para a qual os habitantes locais (caboclos) não se enquadravam, pois, segundo tais padrões culturais, não eram afeitos ao trabalho como fonte de acumulação e riqueza. Logo, a necessidade de colocar a presença de novos tipos humanos afeitos ao trabalho árduo e ao acúmulo, se fazia premente. Esses novos tipos se objetivam nos colonos brancos tidos como "trabalhadores, construtores do progresso e da civilização" (RENK, 1997, p. 48). Esse processo, coloca a mesma autora,

> [...] não contemplava nesse projeto a população *brasileira*, posseira. A exclusão dessa camada populacional encontra justificativa e legitimação na ideologia da colonização, do modelo de *colono* que converia a um 'país de vocação agrícola' (RENK, 1997, p. 48) (grifos da autora).

Instalam-se, desse modo, dois pólos fundamentais de conflito entre essas duas culturas e/ou modos de vida. Assim, colocam-se, de um lado os costumes, os aspectos subjetivos da cultura de cada um e, de outro, mesclado a esses valores culturais fundamentais, o modo de produzir e/ou reproduzir a própria vida no qual se materializam objetivos fortemente divergentes. Enquanto os caboclos, como destacam a maioria dos estudos a esse respeito, produziam basicamente para o seu próprio consumo, os imigrantes "camponeses de origem" (POLI, 1998) organizaram sua produção, em grande medida, voltada para as necessidades do mercado que, diga-se de passagem, alicerça-se na lógica da produção capitalista liberal.

Colonos (italianos e alemães, sobretudo) e brasileiros (caboclos) se enfrentam num confronto impregnado pela luta de valores, costumes, tradições, enfim, de modo de vida. Um processo que, delimitado pela lógica de produção hegemônica, vai paulatinamente dando ganho de causa aos "de origem", como eram chamados os colonos brancos, trabalhadores e portadores da ordem e do progresso necessários ao país. Ao caboclo, elemento não afeito ao trabalho e ocupante de um espaço geográfico sem demarcações precisas e documentos confirmantes, restou a barranca do rio como local de moradia e a lida de peão como espaço de trabalho e sobrevivência. Como coloca Campos (1987) citado por Renk (1997, p. 110),

> Com a progressiva colonização da região os caboclos tornavam-se os primeiros deserdados da terra. A ocupação progressiva e o escassamento das terras

virgens, as cercas e o poder instituído, os caboclos viram a destruição de suas tradicionais condições de vida. Muitos migraram para o Paraná mas logo seriam alcançados pelos colonos e suas cercas.

Para os imigrantes europeus, entretanto, esse se tratava de um processo necessário e mesmo natural. Protegidos pelas colonizadoras e na busca de local para sobreviver dignamente como mandavam seus costumes, encontraram a legitimidade necessária para se instalarem, trabalhar e fortalecer como colono trabalhador e honesto. Por isso, acrescenta Poli (1998), acorda com os procedimentos das colonizadoras e opõe-se ao nativo caboclo.

> A chegada do imigrante se deu, portanto, em oposição ao camponês nacional. E desde a chegada confrontou-se com ele. Na disputa do espaço, apoiou as empresas colonizadoras no desalojamento e expulsão dos caboclos 'intrusos'. Essa 'limpeza de área' foi feita, freqüentemente, através de métodos violentos, como é o caso dos despejos, nos quais os caboclos que se negavam a sair 'com as boas' eram jogados em cima de caminhões-caçamba, junto com seus pertences e depois despejados na beira de estradas, longe do local de origem. Seus ranchos, geralmente, eram queimados para evitar o retorno (POLI, 1998, p. 180).

O embate cultural faz produzir também os argumentos legitimadores da "vadiagem" cabocla e do "trabalho" do camponês branco, como bem demonstram algumas falas coletadas por Renk (1997) das quais destaca-se parte de uma pronunciada por um colono italiano migrante. Indagado pela pesquisadora sobre o que plantam os caboclos, ele responde:

> - Bom, se nós for ver esse pessoal que trabalha na erva, eles produzem pouca coisa, uma rocinha, principalmente milho, mandioca. São aqueles produtos que não têm de limpar muito, não dá muito trabalho. A mandioca é uma plantação sem cerimônia. Pode plantar e deixar no chão o ano todo. Depois tem umas outras famílias ali mesmo que já tem a sua rocinha. Se você for tentar ver comparar com as famílias ali de colonos, de agricultores, plantam pra subsistência e pra vender a comercialização. Eles ali, não. Não estão nem um pingo preocupados com plantar mais [...]. Essa gente só sabe tirar erva

[...]. Então, mas que eles não tem muita queda prá lavoura, eles não tem; mais é com erva.

Entretanto, pondera a autora:

A colonização, além do processo de expropriação, representou o momento da descoberta da diferença, da existência e da imposição de outro sistema, aquele do *italiano*, quando 'tocou de fazer tudo mais ou menos igual' (RENK, 1997, p. 138) (grifos da autora).

Ou seja, a imposição da cultura branca em todas as suas facetas, conduziu o caboclo a perceber-se com identidade própria, distinta das outras, porém, menos valiosa que as outras dentro da moldura de produção colocada. Esse processo onde o étnico passa a ser o divisor de águas, a marca de princípios de visão e divisão de mundo, conforme Renk (1997), reduziu os posseiros à condição de minoria.

Assim, o *modus vivendi* caboclo foi sendo, de certo modo, varrido para os cantos mais íngremes do planeta a exemplo do que acontecera com os caboclos e índios do Brasil, rememorado por Patto (1996, p. 72) ao se referir às obras de Monteiro Lobato que demonstraram "[...] toda a sua mordacidade com o caipira que eternizou o Jeca Tatu". O modo como esse autor caracterizou o caboclo, coloca a autora, citando um trecho de Lobato, não poderia ser mais implacável:

Este funesto parasita da terra é o CABOCLO, espécie de homem baldio, semi nômade, inadaptável à civilização [...]. É de vê-lo surgir a um sítio novo para nele armar sua arapuca de 'agregado'; nômade por força de atavismos, não se liga à terra, como o campônio europeu; 'agrega-se'. [...] Chegam silenciosamente, ele e a 'sarcopta' fêmea, esta com um filhote no útero, outro ao peito, outro de sete anos à ourela da saia - este já de pitinho na boca e faca na cinta (LOBATO, *apud* PATTO, 1996, p. 73).

A conclusão, acrescenta Patto (1996), novamente referindo-se ao pensamento de Lobato acerca do caboclo, só poderia ser uma:

> O caboclo é uma quantidade negativa. Tala cincoenta alqueires de terra para extrair deles o com que passar fome e frio durante o ano. Calcula a sua sementeira pelo máximo de sua resistência às privações. Nem mais, nem menos. 'Dando prá passar fome', sem virem a morrer disso ele, a mulher e o cachorro - está tudo bem (PATTO, 1996, p. 74).

Lobato, buscou se redimir ao incluir no livro *Problema Vital*, um artigo chamado: "Jeca Tatu: a ressurreição" descrevendo-o como o caboclo não mais incendiário, indolente, mas, um Jeca Tatu que "[...] transforma-se num rico fazendeiro, imagem do ideal de homem brasileiro que se disseminava então: sadio, empreendedor, próspero, voltado para o consumo, usuário da mais moderna tecnologia, que reverencia e imita os hábitos de europeus e americanos" (PATTO, 1996, p. 74). Ou seja, um caboclo branqueado, ou como diria Gilberto Freire em *Casa-Grande e Senzala*: "um negro de alma branca".

Essa representação da cultura cabocla pela branca européia se faz sentir também no processo de colonização do Oeste Catarinense. O bom caboclo é aquele que se despiu de suas crenças, seus valores, seu hábito de vida, para assumir o hábito de vida camponesa e, ainda assim, no mais das vezes, não como proprietário da terra, mas como peão ou agregado. Os demais constituem a porção cabocla "não afeita ao trabalho", são andarilhos, procuram um serviço aqui outro ali, apenas para manter-se como ser biológico. Habitam barracos de chão batido nas beiradas de rios ou nas favelas da cidade, onde o trabalho é, muitas vezes, um subtrabalho.

O comportamento caboclo não é visto como um aspecto cultural importante a ser respeitado na sua diferença e resgatado num processo de compreensão das relações sociais mais amplas. Desse modo, o nomadismo caboclo passa a ser compreendido como uma condição natural, quase biológica do caboclo. Trata-se de uma leitura realizada a partir da ótica migrante que não procede da análise de que se andar de um lugar para outro constitui um costume típico da cultura cabocla. A interpretação desse fenômeno pelo processo de colonização que buscava implementar uma nova base de produção, levando à expropriação desse sujeito do referido processo produtivo, usando como instrumento explicativo, o próprio padrão cultural caboclo.

Segundo Renk (1997), esse processo encarregou-se de promover um distanciamento entre os grupos, especialmente entre italianos e brasileiros (caboclos). O pragmatismo da cultura migrante, também trazida por Poli (1998), materializa um padrão comportamental cuja escala de valores traduziria o trabalho metódico, sistemático, rotineiro, a poupança, o investimento, o acúmulo de mais riquezas. Eleitos por esse grupo étnico como verdadeiros, esses valores são vistos por outro "grupo" como negativos.

> Nessas oposições estruturam-se os jogos polares: os *gringos* são *'seguros', 'mão-fechada', 'mortos-de-fome', 'pão-duros', 'come-unha'*. Já vieram *'atipados'* e enriqueceram sempre mais. Os brasileiros são 'mão-aberta', 'vão *devagarzinho'*, 'preferem dar a tirar', 'preferem ficar sem a negar alguma coisa'. Os outros são 'gananciosos', 'nunca tem que chega', 'preferem tirar a dar alguma coisa'. Por essa razão são 'ativos' e estão 'invadindo tudo', deixaram os *brasileiros pequenos*, quando 'diferenciou'. De um lado ficaram os 'mais ativos', e de outro lado, os *brasileiros 'pequenos'*. No pólo dos 'mais ativos' se inserem os 'espertos', 'os tubarões', *'os grandões'*. Normalmente 'tubarão' e *'grandão'* se equivalem e são empregados para designar os detentores de capital econômico ou cargos públicos (RENK, 1997, p. 143, grifos da autora).

Na fala de caboclos, destacada pela autora, aparece a seguinte passagem: "- O que é um grande, um grandão? - Os grandes, são gente, são mais gente, assim, são gente do mercado, da prefeitura, os donos de tudo" (Renk, 1997).

Esse conflito parece persistir ainda hoje e se faz presente no depoimento de uma criança em processo de aceleração. Indagada sobre como é a casa onde mora, ela responde:

> - A casa não é muito boa, lá na colônia tem 6 alquere de terra que a mãe comprô. Nóis morava lá, nóis prantava, nóis morava num barraco. Se nóis não tinha saído de lá o prefeito ia dá uma casa, mas meu ermão não se dá cos gringo, ele surrô um dos gringo e nóis tivemo que saí de lá (RENK, 1997).

Prevaleceu, a cultura do trabalho, da poupança, da acumulação de bens, que era também, em termos quantitativos, uma cultura mais escolarizada, portadora de algum saber escolar que contribui na sobreposição sobre os demais habitantes do lugar. E, durante muito tempo, sobretudo na década de 60 até meados da década de 70, o Oeste catarinense viu crescer uma economia agrícola forte, baseada na produção familiar de pequenas propriedades rurais. Segundo Poli (1998), esse período conhece o apogeu do modelo de produção familiar camponesa do Oeste de Santa Catarina. Quanto aos caboclos, coloca o autor

> [...] sendo considerados quase que dispensáveis pelo processo produtivo instituído, organizaram-se tanto na produção quanto no consumo, em termos mínimos vitais, e o trabalho produtivo sistemático e continuo se lhes apresentava como algo tão impossível quanto desnecessário. Não eram explorados economicamente, mas eram excluídos do processo de produção. Nessas condições, sua produção só tem o objetivo de prover as condições mínimas de subsistência, sendo a caça, a pesca e a coleta complementos importantes da agricultura. Por essas razões, os excedentes produzidos são escassos e esporádicos e o contato com o mercado muito precário (POLI, 1998, p. 180).

O caboclo constitui-se, hoje, no agregado, no diarista, no biscateiro da roça. O cuidado com a criação e com a terra dos outros tem sido meio de sobrevivência de muitos descendentes dessa etnia.

No universo da presente pesquisa foi possível verificar que a profissão do pai no interior indica um percentual de 13,33%, de um total de 45 alunos, atuando como biscate – também chamado de diarista – um trabalho nômade caracterizado como trabalho de caboclo. Outros 33,33% são agregados. Ou seja, trabalham na terra alheia, que é também o lugar onde moram e fazem pequenos cultivos para subsistência própria. "- Ajudo na roça e no aviário do patrão" (depoimento de aluno do interior). "- Arrancá fejão., carpi...essas coisa" (aluno do interior, filho de agregados).

Contudo, o modelo de economia familiar camponesa, nos moldes caracterizados por diversos autores[2], a partir de 1970, entra em crise. Inúmeros fatores são apontados como responsáveis por esse fracasso da economia camponesa tradicional até então, sobretudo a crescente interferência da indústria no processo de produção agrícola, cujo desfecho traduz a modernização desta elevando a produção a patamares antes desconhecidos. (BELATTO, 1985 *apud* POLI, 1993).

Entretanto pondera Poli (1993, p. 56) "[...] a crescente industrialização do país passa a exigir sempre mais a liberação de grandes contingentes populacionais do campo para a cidade, para constituir o proletariado urbano".

O mesmo autor ainda argumenta que:

> Esses fatores levam o capital a promover a modernização da pequena produção, com a utilização de novas tecnologias, fruto da aplicação dos avanços científicos na produção agrícola. Esta modernização, juntamente com a integração de unidades camponesas à indústria, forma mais evoluída de ingerência do capital sobre o processo produtivo camponês, determinam uma elevação da capacidade produtiva de uma parcela de pequenos proprietários rurais. Isto faz com que se reduzam as condições sociais médias de produção que regulam o mercado, tendo como conseqüência a diminuição do preço final do produto (POLI, 1993, p. 56).

Muitos outros elementos certamente necessitariam ser abordados para uma compreensão mais elaborada acerca do processo de formação do Oeste catarinense, especialmente no seu viés econômico. Entretanto, para os fins propostos neste estudo, importa caracterizar minimamente o processo histórico-cultural da região, para compreender o processo que hoje ocorre e, sobretudo, no município em estudo, o qual viu-se, a partir da década de 70, no bojo de um desenvolvimento agroindustrial que marca um crescimento urbano significativo.

Parece importante observar ainda, que esse desenvolvimento urbano marca também um processo de êxodo rural relativamente grande que levará a uma diminuição sistemática da ocupação do campo. É possível verificar esse fenômeno a partir da diminuição das famílias campesinas e, mesmo, do tamanho e da organização das comunidades do interior, tidas como locais de articulação comunitária organizadas, fortalecidas e vivas, marcadas fortemente pela presença de jovens. Atualmente, inúmeras dessas comunidades estão praticamente desaparecendo em função de que os jovens passam a buscar formas de subsistência não mais no campo, vitimado pela crise, mas na fila de emprego da agroindústria mais próxima.

Pode-se arriscar a conclusão de que, se a segunda geração de imigrantes parte das colônias velhas do Rio Grande do Sul para novas terras em Santa Catarina, a terceira geração parte do campo para a cidade, na tentativa de sobreviver ao reordenamento da política econômica do modelo de produção vigente: a industrialização da agricultura. Conforme Poli (1993, p. 61):

> Quanto aos camponeses, mais uma vez vêem diante dos seus olhos a perspectiva da migração como alternativa para realização dos sonhos dos seus filhos e, não raro, para si próprios. Deixam, então, sua terra para, seguindo a 'sina de muitas gerações, desbravar novos horizontes'. [...] A grande diferença em relação aos seus antepassados, é que, neste momento, está em jogo não só a possibilidade de permanecer na sua região de origem, de reproduzir-se no seu próprio espaço, mas também a sua própria reprodução enquanto camponês, como produtor que detém a posse dos seus meios de produção.

Essa política econômica capitalista reordenada, que na sua versão anterior promovera a exclusão da cultura cabocla do espaço geográfico em questão, promove o movimento de saída do colono branco europeu do campo para ocupar novos espaços urbanos na região. Os que não saíram tornaram-se, na sua maioria, integrados às agroindústrias regionais:

> [...] porém nem todos saem. Ao lado dos que migram existem os que permanecem no campo, em duas situações distintas. Os que se engajam na lógica do capital, pelo processo de produção integrada à agro-indústria e os que permanecem à sua margem como camponeses autônomos (POLI, 1993, p. 61).

Essas novas ocupações urbanas ocorrem em torno de alguma agroindústria (frigorífico) instalada, capaz de oferecer vagas para o emprego de uma mão-de-obra muito pouco qualificada, mas abundante.

Até aqui, importa reconhecer que, atualmente, o município caracteriza-se muito mais por um perfil urbano do que rural. As aglomerações urbanas, constituídas a partir do movimento migratório, sumariamente descrito acima, são formadas, tanto de descendentes europeus como de caboclos, que hoje habitam esses espaços. Os primeiros, vitimados pelas novas políticas agrícolas que definiram a industrialização do campo; os últimos, vítimas primeiras do processo de implementação do capital agroexportador nessa região do Brasil.

Parece importante destacar ainda que, em que pese a presença forte da agroindústria na região, isto não tem relação direta com emprego para os desertados do campo[3], sobretudo neste momento fortemente marcado pela reorganização do capital. Momento caracterizado pelo processo de globalização da economia nos moldes do mesmo sistema, a mão-de-obra dantes (desqualificada e barata) tem sido rejeitada pela agroindústria, principal foco de emprego[4]. Logo, a vinda para a cidade em busca de melhores condições de vida tem significado, para muitos, o contato com uma outra realidade, talvez mais dura: a do desemprego ou do subemprego como forma de subsistência.

Julga-se importante destacar que, no âmbito político, esse município tem sido, historicamente, administrado por projetos alinhados com a direita. Desde o seu processo de colonização, carrega as marcas de visões liberais marcadamente conservadoras e centradas em figuras tradicionais da política local[5].

Apesar do conservadorismo político, tanto no município quanto na região Oeste como um todo, foram muito marcantes os movimentos sociais, sobretudo os diretamente ligados ao campo. Sob a coordenação inicial da igreja católica, fundamentada na Teologia da Libertação, os movimentos sociais do Oeste catarinense ganharam repercussão interestadual e muitas de suas lideranças tornaram-se importantes quadros políticos do município de Chapecó e região. De certo modo, esses movimentos marcaram a emergência e construção de projetos políticos alternativos, identificados com a esquerda. Notadamente observa-se o fortalecimento de partidos políticos também de esquerda[6].

Esse processo, cuja exposição aqui é limitada, culmina com embates políticos que marcaram as eleições nos últimos pleitos. Especificamente a eleição de 03 de outubro de 1996, em que se elegeram prefeitos e vereadores, marca a ruptura com a tradição administrativa de direita no município. Para administrar o município de 1997 a 2000 foi eleita a Frente Popular composta por diversos partidos de esquerda. A partir de então, o acirramento político tornou-se ainda mais evidente, sobretudo, porque a perda da hegemonia da direita significou a possibilidade concreta de desenvolvimento de um projeto administrativo voltado aos interesses da população[7]. É na defesa desse projeto que a Secretaria Municipal de Educação se coloca e tem desenvolvido políticas educacionais coletivas, articuladas com o Orçamento Participativo. Uma lógica deliberadamente contrária ao projeto neoliberal instalado no país e que tem sido, no município em estudo, motivo de movimento constante da população em torno da administração pública.

O processo histórico sumariamente esboçado permite dizer que o aluno em processo de aceleração da aprendizagem não constitui outro sujeito, senão aquele forjado pelas relações que se construíram neste espaço e que, por sua vez, tais relações não se caracterizam como fenômenos isolados, mas, ao contrário, amplamente implicados com acontecimentos contextuais maiores. Logo, compreender quem é o aluno com o qual se está lidando em sala de aula, no âmbito do presente estudo, significa compreender a história que o forjou como homem.

As regiões

As regiões, espaços de pesquisa, se forjam no processo de migração da população que sai do campo para a cidade, não apenas nos limites territoriais do município de Chapecó, mas da região Oeste de Santa Catarina e do vizinho Estado do Rio Grande do Sul. É o que ocorre, principalmente com a região Esperança, uma das maiores aglomerações urbanas do município, onde habitam inúmeras famílias vindas do interior tanto do município de Chapecó, quanto do interior de outros municípios da região Oeste de Santa Catarina e mesmo do Alto Uruguai Gaúcho. Não coincidentemente, nesta região situam-se dois dos maiores frigoríficos de aves e suínos.

Esse fenômeno migratório marca o desenvolvimento das outras regiões estudadas, caracterizadas como bairros relativamente distantes das agroindústrias, mas próximos de outros pólos como: comércio, prestação de serviços e mesmo pequenas indústrias de ramo metalúrgico, este último, notadamente, nas regiões de abrangência Boa Vista, Horizonte e Poente.

A região de Raízes, ainda que seja uma das mais antigas do município não possui relação direta com a existência de qualquer indústria. Apenas mais recentemente tem se verificado um aumento de pequenos comércios e algumas pequenas indústrias no ramo moveleiro. A história dessa região está ligada muito mais aos tempos primórdios do município, onde se constituiu em um importante caminho, uma passagem para outras regiões próximas. Daí ser um local muito antigo. Essa região dobrou ou mesmo triplicou sua população a partir da construção de novos loteamentos. Caracterizando-se muito mais como local de moradia do que de trabalho. Boa parte da população dessa região desloca-se para o centro, ou mesmo para outras regiões do município para trabalharem.

Fenômeno semelhante ocorre na região de Nascente. Trata-se de uma região bastante pobre e que sempre carregou o estigma de ser uma das mais violentas da cidade. Também ali não estão grandes indústrias. Apenas pequenos comércios e indústrias de caráter doméstico, como por exemplo artefatos de cimento.

Julga-se importante destacar que as diferenças na formação de cada uma das regiões estudadas parecem muito mais associadas ao modo como se deram as aglomerações urbanas do que, propriamente, diferenças de caráter cultural e/ou econômicas. Assim, algumas regiões, sobretudo as pertencentes ao perímetro urbano, caracterizam-se por um processo de aumento populacional ocorrido em torno de algumas agroindústrias ou indústrias do ramo metalúrgico como é o caso das regiões Esperança, Poente e Boa Vista. Cada uma dessas compõe-se de diversos bairros, característica, aliás, inerente a todas as demais regiões, excedendo-se a de Torrão, cuja composição se dá pelas várias comunidades pertencentes a esse meio.

Outras regiões apresentam um aspecto mais voltado à moradia, isto é, trata-se de bairros e/ou loteamentos feitos para morar, não compreendendo, por isso, nenhum complexo industrial em torno do qual possa ocorrer aumento de população urbana. Muito embora se observe a presença de pequenos comércios como lojas, bazares, mercados, pequenas indústrias (familiares) e — como expressa a população local — "bodegas"; esses, representam muito mais um complexo que surge para atender a uma demanda de consumo local. Esse processo parece estar muito presente nas regiões Raízes, Nascente e Horizonte, ainda que nesta última, estejam algumas indústrias do ramo metalúrgico de pequeno e médio porte.

O que parece sugerir um viés comum a todas essas regiões do município é a luta por melhores condições de sobrevivência no espaço urbano. Para tanto, buscam habitar espaços que viabilizem um melhor e mais rápido acesso aos possíveis locais de trabalho ou outras formas de luta pela vida, caracterizando um processo migratório bastante significativo, sobretudo no que se refere ao caminho do campo para a cidade. Assim, no perímetro urbano, se desenham bairros, locais de moradia, não necessariamente vinculados à existência de emprego, mas, certamente, vinculados a melhores e mais rápidas formas de acesso a diferentes meios de sobrevivência, como já foi colocado.

Neste movimento, onde se inserem as crianças em processo de aceleração da aprendizagem aqui pesquisadas, também se constróem relações com a escola, com o trabalho, enfim, com a vida que lhes é permitida viver. Uma leitura possível desse movimento constitui a tarefa do próximo capítulo deste estudo.

04

O SUJEITO CONCRETO DA PESQUISA: O QUE DIZEM OS DADOS

CONDIÇÕES REAIS DE EXISTÊNCIA: FAMÍLIA, TRABALHO E ESCOLA

Inicialmente, pode-se dizer que a grande maioria das crianças que vivenciam o processo de aceleração da aprendizagem, nas escolas municipais, são oriundas de um contexto familiar e social de muita pobreza. Esse fato se evidencia tanto no interior quanto nas regiões urbanas e um dos elementos que permitem essa interpretação diz respeito à renda familiar dos alunos em questão.

Tabela 1 - Cruzamento das variáveis rende a repetência

Renda X competência	Sem Resposta	Menos de 1 Sal. Mínimo	1 a 3 sal. mínimos	4 a 6 sal. mínimos	Mais que 6 sal. mínimos	TOTAL
Não Repetiu	1	7	29	6	0	43
Repetiu 1x	0	16	52	6	0	74
Repetiu 2x	0	13	46	4	0	63
Repetiu 3x	0	13	27	1	0	41
Repetiu 4x	0	5	6	2	0	13
Repetiu mais que 4x	0	1	4	0	0	5
TOTAL	1	55	164	19	0	239

Do total da amostra, (239 alunos) nada menos que 68,62% das famílias sobrevivem com uma renda que vai de um a três salários mínimos e pelas observações realizadas nos locais de moradia pode-se dizer que essa renda é, em muitos casos, muito mais próxima do primeiro parâmetro (1 salário mínimo) do que do segundo (3 salários mínimos). Se tomada a amostra individual de cada região, esse percentual nunca ficou menor que 50%. Vale lembrar ainda que 23,01% da amostra total declararam viver com uma renda inferior a um salário mínimo. Comparativamente aos índices apontados para renda familiar entre quatro e seis salários mínimos, verifica-se uma vantagem significativa dos primeiros. Além disso, a pesquisa não aponta nenhuma família vivendo com renda entre sete e dez salários mínimos.

A tentativa de desenvolver um processo para chegar a possíveis indicadores das razões que levaram crianças ao programa de aceleração de aprendizagem demandou o cruzamento da variável repetência com algumas variáveis consideradas chaves para a questão colocada[1]. Neste sentido, a Tabela 1 e o gráfico a seguir demonstram o cruzamento das variáveis renda e repetência.

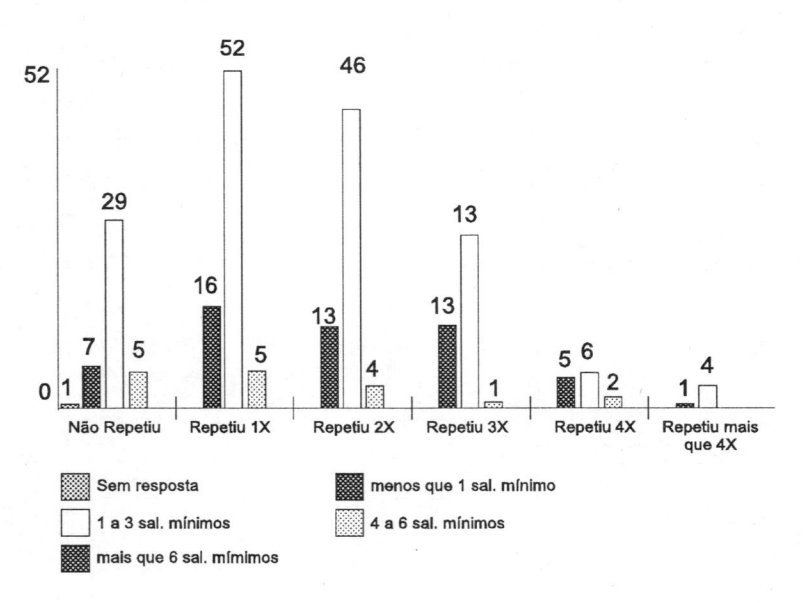

[gráfico de barras: Não Repetiu: 1, 7, 52, 5; Repetiu 1X: 16, 29, 5; Repetiu 2X: 13, 52, 4; Repetiu 3X: 13, 46, 1; Repetiu 4X: 5, 6, 2; Repetiu mais que 4X: 1, 4

Legenda: Sem resposta; menos que 1 sal. mínimo; 1 a 3 sal. mínimos; 4 a 6 sal. mínimos; mais que 6 sal. mímimos]

Os dados originais estão apresentados na Tabela 2. Para facilitar a discussão os dados foram transformados em freqüências relativas (proporções) apresentadas nas Tabelas 2a e 2b[2]. Com a mesma finalidade, as colunas referentes a sem resposta e > 6 foram ignoradas para fins de análises.

Tabela 2 - Distribuição conjunta das freqüências das variáveis renda e número de repetência.

Repetência	Renda (em salários mínimos)					Total
	sem resp.	< 1	1 a 3	4 a 6	> 6	
Não rep.	1	7	29	6	0	43
Rep. 1 X	0	16	52	6	0	74
Rep. 2 X	0	13	46	4	0	63
Rep. 3 X	0	13	27	1	0	41
Rep. 4 X	0	5	6	2	0	13
Rep. mais de 4 X	0	1	4	0	0	5
Total	1	55	164	19	0	239

Os dados apresentados na Tabela 2a revelam que na população estudada, 92 % dos estudantes pertencem a famílias com renda abaixo de 3 SM (Salário Mínimo) e que, independentemente da faixa de renda, 82 % dos estudantes repetem de ano pelo menos uma vez.

Tabela 2a - Distribuição conjunta das proporções (em porcentagens) em relação ao total das variáveis renda e número de repetência.

Repetência	Renda (em salários mínimos)			Total
	< 1	1 a 3	4 a 6	
Não rep.	3 %	12 %	3 %	18 %
Rep. 1 X	7	22	3	31
Rep. 2 X	5	19	2	26
Rep. 3 X	5	11	0	17
Rep. 4 X	2	3	1	6
Rep. Mais de 4 X	0	2	0	2
Total	23	69	8	100

Fonte: Dados obtidos a partir do cruzamento da variáveis, repetência e renda coletados na pesquisa.

Fazendo uma análise mais detalhada (Tabela 2b), dos 23 % dos alunos com renda abaixo de 1 SM (87% repetiram pelo menos uma vez); dos 69 % com renda entre 1 a 3 SM (82% repetiram pelo menos uma vez) e dos 8% dos alunos com renda entre 4 a 6 SM (68% repetiram pelo menos uma vez). Observa-se que a proporção de alunos repetentes, independente da faixa de renda, é elevada, ou seja, (87%, 82%, 68%).

TABELA 2b: *Distribuição conjunta das proporções (em porcentagens) em relação aos totais de cada coluna das variáveis renda e número de repetência.*

Repetência	Renda			
	< 1	1 a 3	4 a 6	Total
Não rep.	13 %	18 %	32 %	18
Rep. 1 X	29	32	32	31
Rep. 2 X	24	28	21	26
Rep. 3 X	24	16	5	17
Rep. 4 X	9	4	11	6
Rep. Mais de 4 X	2	2	0	2
Total	100	100	100	100

Uma informação de interesse é determinar se existe associação entre as duas variáveis (renda e repetência). Com a finalidade de medir o grau de associação entre as duas variáveis, será utilizado o *coeficiente de contingência modificado de Pearson* (C^*)[3], cuja definição pode ser facilmente encontrada na literatura. Esse coeficiente é um número entre zero e um, sendo nulo quando as variáveis não estão associadas e 1 quando existe uma associação perfeita.

Após efetuados os cálculos, o valor encontrado do coeficiente de contingência foi de $C^* = 0,36$, evidenciando uma fraca associação (correlação) entre as variáveis renda e repetência. De certa forma, este resultado já era esperado, pois, conforme apresentado anteriormente, a proporção de alunos repetentes é elevada, independentemente da faixa de renda de sua família. O gráfico também ilustra este aspecto, onde pode-se observar um comportamento semelhante das faixas de renda para os diferentes números de repetência[4].

A fraca associação entre as variáveis renda e repetência permitem, entre outras questões, colocar que, muito embora esse argumento seja bastante forte, a repetência das crianças aceleradas não é determinada pela renda, visto que, proporcionalmente, os índices, nas diferentes faixas, são altos.

Entretanto, se tomado o gráfico de modo mais particular, outros elementos parecem surgir com certa evidência. Um deles coincide com a impossibilidade de afirmar, por exemplo, que quanto menor a renda, maior a repetência. Como se pode observar, na faixa abaixo de um salário mínimo, o número de repetentes é menor do que na faixa de um salário mínimo.

Este fato parece explicável quando colocado frente a outros fatores presentes na realidade investigada, como por exemplo, diante do modo como os núcleos familiares organizam a sua própria sobrevivência. Evidenciou-se que 76,99% desses alunos ajudam em casa. Isto é, desenvolvem um tipo de atividade que, na conjuntura familiar, ocupa lugar de destaque. São pequenas atividades que vão desde cuidar da casa e dos irmãos mais novos até atividades mais complexas como preparar a refeição do núcleo.

Esse "pequeno" trabalho, muito embora não viabilize renda diretamente, no contexto da família, permite que um membro mais velho se libere para sair em busca de mais proventos. O que significa que, na maioria da famílias onde a renda está entre 1 e 3 salários mínimos, esta é obra do coletivo e não de um indivíduo. E mais, significa que o tempo que a criança poderia estar dedicando às tarefas escolares é gasto com o trabalho que ela desenvolve no núcleo familiar. Logo, seu único tempo de escola, de lida com o conhecimento sistematizado é o momento em que está na escola, fora isso seu tempo é despendido na luta pela sobrevivência. Por isso, tem dificuldades de ir à escola em períodos alternados e apresenta dificuldades na relação com o conhecimento e com a norma padrão de aprendizagem estabelecida pela ótica do sistema de ensino, cuja leitura parte do pressuposto de que todos devem adequar-se ao seu ritmo. Fator determinante da freqüência desses alunos no programa de aceleração da aprendizagem.

O mesmo fenômeno parece ocorrer com os que desenvolvem trabalhos dos quais dependem o aumento da renda familiar.

Através do seu trabalho advém recursos financeiros fundamentais para a sobrevivência do núcleo familiar. No período alternado ao da freqüência na escola, 10,46% dos alunos declararam desenvolver atividades como: lavar carros, vender legumes e verduras de modo ambulante, cuidar de criança, ser empregada doméstica, catar lixo reciclável como plástico e ferro etc.

Somadas as crianças que, independente de proverem renda, desenvolvem atividades que, direta ou indiretamente, ampliam a renda familiar, tem-se um índice de 87% de alunos em processo de aceleração trabalhando. Isso parece explicar o maior número de crianças aceleradas na faixa de 1 a 3 salários mínimos. Ou seja, a maior renda não impede a repetência porque a ampliação dos proventos exige a participação de todos na sua busca. Ao passo que, na faixa de menos de um salário mínimo, a renda é, no mais das vezes, responsabilidade de apenas uma pessoa da família, normalmente, subempregada.

A alta proporcionalidade de repetência na faixa dos 4 a 6 salários mínimos, parece sugerir outros caminhos para a leitura dos possíveis fatores que levam uma criança a freqüentar o programa de aceleração da aprendizagem já que, como pode-se observar, ela constitui-se em elemento que impede uma associação maior entre renda e repetência. Mesmo tratando-se de um reduzido número de famílias nesta faixa salarial (8% do total da amostra), a freqüência da repetência em termos proporcionais é significativamente alta.

Parece pertinente colocar em evidência a inexistência de patamares salariais acima de seis mínimos para a população pesquisada. Isto porque, salários trata-se de uma população efetivamente pobre do ponto de vista do poder aquisitivo, visto que, uma renda de seis salários mínimos não chega a ser fator determinante de melhor qualidade de vida em termos socioeconômicos. Essa renda é provida, normalmente, por uma única pessoa de uma família composta, quase sempre por, no mínimo, quatro membros.

Parece que se instala um paradoxo. De um lado a defasagem idade/série está entre os que são mais pobres, caracterizados pela baixa renda, o que poderia induzir uma análise no sentido de relacionar em alto grau de significância à pobreza e à repetência. Isto permitiria dizer que, lembrando a primeira questão de pesquisa norteadora deste estudo, o potencial de aprendizagem do aluno acelerado estaria sim, relacionado ao poder socioeconômico de sua família. De outro lado, no interior dessa pobreza distribuem-se faixas de renda que, analisadas proporcionalmente à repetência, indicam uma fraca relação entre estas variáveis, impedindo, desse modo, a conclusão por uma relação entre potencial de aprendizagem e poder socioeconômico. Assim, se por um lado é permitido dizer que o aluno acelerado é também o aluno pobre por outro, não é possível afirmar que seu potencial de aprendizagem deriva ou tem relação com o poder socioeconômico que o carateriza como pobre.

Neste sentido, parece mais verdadeiro concluir pela existência de uma distância significativa entre os padrões estabelecidos pelo sistema escolar como válidos em termos de processo de ensino e de aprendizagem, e o modo de vida dessas crianças com todas as nuances próprias da sua cotidianidade. O que permite colocar que, muito embora a escola se diga voltada à realidade dos alunos, essa realidade parece situar-se preponderantemente num plano empírico. Isto é, uma realidade imediata que não considera os fatores sócio-históricos dos sujeitos envolvidos no processo educativo escolar.

É importante colocar ainda que, em face do movimento que vem ocorrendo nos últimos anos em torno da necessidade de se considerar a realidade do aluno e de compreendê-lo como um sujeito histórico, esses fatores encontram-se postos na linguagem pedagógica e, a olho nu, parecem constituir elementos claros da dimensão educativa. Entretanto, uma análise mais detalhada durante a coleta de dados, especialmente nas conversas com os professores envolvidos, possibilitou verificar que, na maneira das vezes, tanto a noção de realidade está vinculada ao contexto imediato do aluno, quanto o conceito de sujeito histórico revela um entendimento de história de um indivíduo isolado e, muitas vezes, com sentido psicologizante, isto é, muito mais relacionado com a vivência de experiências negativas como violência doméstica, alcoolismo na família, separação dos pais, pobreza e baixa auto-estima provocada pela vergonha de ser tão pobre, entre outros. Esse conjunto de elementos constitui o que os docentes consideram como sendo aspectos centrais da realidade concreta dos alunos.

Trata-se de considerar o efeito que esses aspectos desencadeiam não apenas nas crianças pobres, como em qualquer pessoa. Acredita-se que, estes elementos da realidade imediata carecem de compreensão para além dela, uma leitura que permita desnudar o indivíduo concreto. E, no caso colocado, a compreensão do sujeito concreto fica limitada à leitura imediatista e reduz a explicação de cada indivíduo, sua personalidade, seu comportamento, sua atividade consciente ao ambiente imediato; revelando, ao que parece, uma faceta do positivismo darwinista para o qual o homem é um animal condicionado pelos reflexos imediatos do seu meio mais próximo (LÚRIA, 1991). Assim, conhecer a realidade é conhecer essas relações que explicam a não-aprendizagem do aluno, sua repetência e, conseqüentemente, a defasagem idade/série; sem se dar conta de que essas relações são forjadas por processos históricos mais amplos onde se enfrentam visões diferentes de mundo, culturas, produção, distribuição de renda e classes sociais.

Essa postura da pedagogia promove também, ao que parece, uma redução no norte metodológico da prática. Então, partir da realidade do aluno passa a significar a impossibilidade de lidar com qualquer conhecimento que não esteja colocado nesta realidade. Ou seja, todo o aprendizado fica condicionado à existência de material concreto para este fim, além de dificultar o desenvolvimento de qualquer assunto que não permita a associação imediata com a realidade próxima do aluno. Trata-se de um modo de conceber o indivíduo aprendente como alguém incapaz de realizar elaborações, de compreender-se como sujeito ativo das relações sociais e históricas colocadas, a partir da mediação do próprio conhecimento já produzido pela humanidade.

Assim, o conceito de realidade e de indivíduo concreto presente da escola traduz, uma perspectiva reducionista tanto do sujeito humano como das relações nas quais se insere. Neste sentido, o processo de aceleração da aprendizagem corre o risco de também reduzir-se à mera reposição de conteúdos e ao desenvolvimento de atitudes e valores que mais servem à adequação das culturas consideradas minoritárias a uma cultura considerada verdadeira e única, em que pesem os desejos de mudança. Isto porque, quando o processo educativo vê o aluno e sua realidade como coisa dada e imediata, veda a possibilidade de ler, nessa realidade, a presença dos processos históricos que a engendraram e, conseqüentemente, a perspectiva de emancipação e autonomia dos sujeitos cuja gênese a ela se vincula.

Retomando ainda, os aspectos referentes à descrição da situação concreta de vida dos sujeitos pesquisados, pode-se dizer que a pobreza a eles inerente parece ficar ainda mais evidente quando colocada diante da ocupação dos pais/mães ou responsáveis por essas crianças. Muitos atuam como *biscate* ou *autônomo*, sendo que nestes incluem-se atividades como: vendedor, pequeno comerciante, pedreiro, carpinteiro, pintor, etc., para os homens; e confeiteira, costureira e vendedora para as mulheres. Ou seja, constituem-se em atividades que caracterizam mais um meio emergencial de sobrevivência em face do momento econômico vivenciado, do que propriamente uma autonomia em termos substanciais do modo de vida. Entretanto, o fato de ser autônomo não está diretamente ligado a uma melhor condição de vida. Fato observável se for comparada a profissão à renda familiar.

A variável *biscate*, indica o catador de lixo reciclável, de papel, de plástico, de ferro etc., como também, o servente de pedreiro, o diarista que, no interior, caracteriza um trabalho de peão nômade, entre outros. Respectivamente, essas variáveis representam, para a amostra pesquisada, 31,80%$_5$ e 29,70% para os homens e, 2,93% e 3,77% para as mulheres. Estes dados indicam uma atividade significativamente menor das mulheres, fora do espaço doméstico. O índice indicativo desse fenômeno é verificável na categoria "dona de casa" apontada como ocupação de 61,51% da amostra total e verificada como superior em todas as regiões pesquisadas. É possível ainda, perceber que a variável "empresa" indica índices de 11,71% e 1,55% para homens e mulheres respectivamente, tomados na amostra geral. Individualmente tomados, os índices indicam uma coincidência entre a atividade realizada em empresa e as regiões onde localizam-se os complexos agroindustriais e industriais: na região Esperança: 30% dos homens e 3,33% das mulheres; na região Boa Vista: 20% dos homens e 3,33% das mulheres e, na região Horizonte 18,36% dos homens e 0% das mulheres. Ainda que visível, essa coincidência não se vale dos maiores índices referentes à ocupação. Antes, os índices referentes à atividade profissional, parecem confirmar em parte o que se disse anteriormente sobre o modo como se constituíram as aglomerações, sobretudo as urbanas. Ou seja, que elas estão muito mais relacionadas à busca de sobrevivência com melhores condições de acesso, do que propriamente, por conta da existência e localização de pólos industriais locais, muito embora essa hipótese careça ser melhor detalhada. Tarefa que não cabe nos limites dessa pesquisa.

Um outro fator indicativo da pobreza em que vivem as crianças que na escola encontram-se em processo de aceleração da aprendizagem, diz respeito às condições de moradia das mesmas. Tomando-se os dados das tabelas isoladamente, no espaço urbano e rural, do total da amostra, 63,59% habitam casa própria. Esse dado de superioridade para propriedade de moradia se mantém coerente em todas as regiões, o que poderia indicar um padrão de vida razoável tendo em vista a representação de propriedade condicionada pelos padrões culturais capitalistas. Na mesma direção, uma análise mais detalhada dos dados sobre moradia[6], permite dizer: um percentual significativo da amostra possui casa de madeira (65,69%), contra um percentual menor de casas de tijolo (21,76%) e de lona (9,20%). A grosso modo, esses dados poderiam induzir a uma controvérsia sobre o estado de pobreza sob o qual sobrevivem grande parcela das crianças pesquisadas. Entretanto, essa afirmação busca respaldo nas observações realizadas nos locais de moradia durante a coleta de dados para a presente pesquisa. Primeiramente, diante da resposta afirmativa de que a casa é de madeira, indagou-se sobre quantos cômodos possui essa casa e essa pergunta acrescida da visita aos locais de moradia, permitiu observar que, no mais das vezes, a casa não possuía além de dois ou três cômodos. A evidência maior, contudo, veio com as visitas, onde observou-se que as casas de madeira, não passavam de casebres ajeitados sobre um terreno público, ou melhor, sobre uma sobra de terreno público, ou simplesmente ocupando um espaço indevido do ponto de vista legal da propriedade capitalista.

Também encontrou-se moradias melhores, com condições mais elaboradas e aspecto melhorado. Contudo, não constituem dado relevante para a amostra pesquisada. Como um complemento a essa questão, procurou-se, no decorrer da pesquisa de campo, perguntar aos docentes sobre a possível coincidência entre o fato de a criança estar no programa de aceleração da aprendizagem e a sua condição de vida em termos econômicos e sociais. Obteve-se novamente resposta afirmativa, apontando para o fato de que as crianças em processo de aceleração pertencem aos núcleos familiares mais pobres do bairro, resposta igualmente positiva para a região Torrão. Somadas às observações realizadas, essas respostas permitem colocar que os alunos em processo de aceleração ocupam os espaços mais íngremes dos bairros. Ou, de outro modo, pertencem à periferia da periferia, habitam o último espaço, por exemplo, entre uma rua e um rio que demarca o fim geográfico daquele bairro ou loteamento.

Ainda em relação aos aspectos econômicos e culturais, faz-se necessário informar os níveis de escolarização dos pais/mães e/ou responsáveis que, aliás, indicam fatores importantes para uma compreensão mais efetiva acerca da problemática central dessa pesquisa. Também com relação a esse aspecto, ao que demonstram os dados colhidos, há uma convergência em praticamente todas as regiões. Os maiores índices indicam uma formação de 1º grau incompleto, bem como os índices relativos ao analfabetismo também sugerem preocupação. A amostra geral denuncia índices de 28,87% de pais analfabetos, com destaque para as regiões Torrão e Raízes, onde registraram-se índices de analfabetismo superior a 50%; e, 65,27% de pais com 1º grau incompleto. Já com 2º grau incompleto ou completo os índices encontrados foram pouco significativos e, com 3º grau não se verificou em nenhuma das regiões. A amostra para mães ou responsáveis não apresenta grandes variações se comparadas a dos pais.

O grau de formação masculina, somado ao feminino, sugere a materialização de um processo excludente de organização e produção social que, em que pese a exclusão das minorias, retrata a expropriação de um direito básico de todo e qualquer cidadão. Processo de exclusão que precisa ser compreendido no contexto das relações capitalistas cuja necessidade constitui-se na tarefa de garantir a hegemonia da classe que a representa e, por isso, faz do saber um meio de produção distribuível em doses homeopáticas (SAVIANI, 1994).

Ampliando um pouco a leitura, o grau de instrução de pais e mães e/ou responsáveis, parece combinar com o tipo de atividade desenvolvida por ambos os sexos na busca da sobrevivência do seu núcleo familiar. Pois, no contexto atual, o grau de instrução passa a ser, novamente, um elemento indispensável na disputa por uma vaga no mercado de trabalho formal. Assim, com um grau de instrução considerado insuficiente e a baixa condição de competitividade em termos de oferecimento (venda) de mão-de-obra, esses pais e mães, ao que parece, não têm outra alternativa que não seja a de buscar o mercado de trabalho informal como fonte de sobrevivência: caracteriza-se então, o alto índice de autônomos e biscateiros, especialmente entre os homens, como demonstram os dados já destacados anteriormente.

Outro elemento importante observado pela pesquisa refere-se ao grau de participação dos núcleos familiares da vida comunitária organizada. Na amostra pesquisada evidenciou-se em todas as regiões um grau de envolvimento significativamente pequeno, desnudando uma atitude alheia aos acontecimentos e aos possíveis modos de organização da vida comunitária, seja no bairro de origem, seja no município onde vive. Apenas a igreja, não como local de articulação, engajamento e vivência comunitária, mas como lugar de oração e louvor individualizado donde não se vê parir nenhum ato de coletividade para além das estruturas da vida cotidiana, foi o lugar mais citado como espaço de participação comunitária (64,43%). Um fator que merece destaque, muito embora sua avaliação devida extrapola os parâmetros desse estudo, é o fato de que a igreja, à qual se referem muitos dos entrevistados, caracteriza-se como igreja não-católica. Ou seja, de caráter protestante, como por exemplo: "Só o Senhor é Deus" "Cadeia da Prece", "Deus é Amor" etc. A presença dessas religiões é uma constante em praticamente todas as comunidades visitadas e elas parecem indicar um jeito de rezar que mais promove a busca da salvação como algo para após a morte e de caráter individual. A igreja católica, que no Oeste catarinense tem assumido os princípios da teologia da libertação[7] nas comunidades urbanas e enquanto espaço de participação, aparece com menos freqüência nos limites da amostra pesquisada. Sua presença maior é observada nas comunidades do interior, onde também se observa uma maior, porém ainda insuficiente, participação na vida da comunidade através da escola, da igreja e de outras atividades como esporte e lazer. Quanto à participação na organização de trabalhadores, na região de Torrão, apenas um dos entrevistados revelou participar de sindicato. Sendo que no espaço urbano esse elemento não apareceu.

Entretanto, 31,38% da amostra pesquisada revelou não participar de nenhum tipo de organização comunitária, o que sugere a observação de um processo de alienação em termos de envolvimento com a vida, seja no que se refere às condições concretas de existência, seja no que se refere a orientações em termos de valores, comportamentos, leituras, compreensões etc. Sem descaracterizar as formas de vida que se apresentam no cotidiano, inclusive as de solidariedade, parece correto supor que a maioria das comunidades onde habitam os pobres, e entre eles os alunos das escolas públicas, no âmbito desta pesquisa, não possuem uma referência que permita a superação de sua condição de vida, pelo menos no que se refere à compreensão que possuem dela. Vivem a sua cotidianidade como homens e mulheres e a vivem, no dizer de Heller (1987), por inteiro. Expressam nessa cotidianidade toda a interpretação que lhes é possível realizar sobre os fatos da realidade na qual estão inseridos. Fazem uma história e, no entanto, não sabem que a fazem. Vivem uma genericidade "em si" (DUARTE, 1993).

Não significa, contudo, que não exista uma vivência cotidiana nessas comunidades, muito pelo contrário. As observações realizadas permitem dizer que, entre os vizinhos, há um processo de mútua ajuda, de solidariedade que se materializa, como por exemplo no cuidado com os filhos dos outros quando há necessidade; na ajuda com relação a tomar conta da casa de alguém quando este está doente; no saber sobre as necessidades, condições de vida e dificuldades que existem na vizinhança etc. Em que pese essa ajuda mútua, ela não ultrapassa o conjunto de relações imediatas. Ou seja, não promove a saída do lugar comum e, ao que parece, contribui para que se reproduzam as condições de vida ali presentes, válidas para o modo de organização social vigente. Não questiona, não debate, não organiza a indignação, não perpassa o espaço restrito da comunidade para mostrar-se como ferida social, não participa, não liberta.

Um exemplo elucidativo dessa questão é sugerido pela fala de um pai de aluno que, durante toda a entrevista procurava levantar elementos de valorização da escola, trabalho, modos de vida, etc; manteve viva, como que mediando a conversa, a necessidade de encanar água e instalar luz elétrica. Insistentemente repetia: "– O que me falta é água encanada e luz né, porque... prá lavá roupa né... prá tudo..."[8].

No final da conversa, estrategicamente, abriu-se a possibilidade para que ele se manifestasse sobre esse assunto que parecia o seu maior interesse. Ele, então reforça: "-Passa água na rua e tem rede elétrica... mas não tenho dinheiro prá mandá colocá, né... intão, se eu conseguisse..."[9].

Parecia querer sugerir que a ajuda viesse de quem o estava entrevistando e, a insistência foi deixando claro que buscava uma forma de ajuda, de assistência vinda de alguém que, do seu ponto de vista, representava maior força, influência e/ou recursos melhores que os seus para satisfazer essa condição básica de vida.

Em momento algum, no entanto, a sua fala evidenciou qualquer possibilidade de uma ação coletiva, deliberada e organizada na comunidade, capaz de identificar outros que passam por essas dificuldades, para buscar o cumprimento legal das condições mínimas de vida e cidadania. Logo, a solidariedade que o move para ajudar um vizinho doente ou coisa parecida, não ultrapassa os limites da necessidade imediata, não leva a uma organização e a uma tomada de consciência acerca dos direitos de vida e cidadania declarados oficialmente. E, a luta pela melhoria da vida adquire caráter individual, ou seja, permanece no âmbito do indivíduo por ele próprio. A condição de "sem água" e "sem luz", não é concebida como uma condição comum, coletiva, para a qual a solidariedade e a organização poderiam ser significativamente úteis. Muito embora se identifiquem como pobres, não extrapolam a imediaticiadade dessa situação para compreendê-la como fruto do processo de produção e distribuição de riquezas.

No bojo dessas condições de vida, esse sujeitos travam relações, constroem-se enquanto sujeitos de um mundo específico no interior do qual fazem uma história em-si, mas também para-si, à medida que, no seio da ignorância a qual estão submersos, reproduzem valores e comportamentos reforçadores da hegemonia dominante e não conseguem compreender o mundo senão pelo viés da cultura capitalista em suas diferentes facetas.

Sentem que moram mal, que comem mal, que estão sujos e doentes, mas não sabem que essa condição é fruto de um perverso modo de produzir riquezas e não distribuí-la de forma igualitária. Assumem como sua responsabilidade a condição em que se encontram e, desse modo, contribuem para nublar ainda mais a cortina que cobre a ferida social que representam.

Neste sentido, parece igualmente correto inferir sobre a existência de um campo fértil e vasto de atuação pedagógica da escola que se pretende popular: tornar-se um centro articulador da comunidade permitindo a apropriação de elementos fundamentais para uma releitura da própria experiência de vida e abrir-se para as manifestações e organizações promotoras da efetiva participação da vida na *pólis*. Entretanto, essa tarefa exige, da própria escola, uma tomada de posição que a tire do lugar comum em relação à representação que ela própria possui acerca do comportamento dos pais e mães pobres. Uma representação impregnada por juízos de valor, no mais das vezes, nada populares, que não consegue, também ela, realizar uma leitura desse sujeito com comportamentos controversos (pelo menos sob a ótica da escola), a partir dos elementos fornecidos pela história e pela cultura.

Para esses pais e mães, a própria importância da escola pode ser relativizada. Por um lado, estes reconhecem a importância de freqüentar a escola. Importância essa que está muito mais colada à necessidade de mudar de vida, o que atribui à escola o desafio do milagre social. Ou seja, a importância atribuída à escola traz consigo a preocupação com a melhoria da condição de vida. Então, pode-se dizer que as famílias possuem uma visão pragmática da escola. Esse espaço não é outra coisa senão um lugar de viabilizar a possibilidade de conseguir um melhor trabalho, uma melhor posição, no âmbito individual, como demonstram algumas falas de pais e mães coletadas:

> – Sem estudo não dá prá conseguí um bom trabalho (mãe de aluno em processo de aceleração).
> – Antigamente os pais não se interessavam que os filhos estudassem. Hoje em dia se não tiver estudo não arruma trabalho nem prá varrê rua, não arruma nada (mãe de aluna em processo de aceleração)[10].

Por outro lado, embora valorizem a escola, o trabalho ou o subtrabalho, como é o caso de muitos, constitui-se a preocupação primeira. Ou seja, a preocupação com o sustento da casa e do grupo familiar permeia todas as relações familiares e parece prescindir do esforço e da prioridade de todos. Desse modo, faltar à escola para contribuir nas tarefas domésticas não constitui o problema mais sério. Grave é a falta de tudo: de comida, de moradia, de água potável. E o medo: da doença e do não-atendimento médico, da falta do que comer etc.

Parece importante também ressaltar que o valor que atribuem à escola também revela nele, ao que parece, uma representação cultural de caráter dominante. Para os pais a escola é o lugar para se adequar à realidade, para aprender a se comportar e a ter educação, para possuir um histórico com boas notas, um diploma que garanta a possibilidade de "poder se virar melhor". E é um lugar longe da realidade deles, fora do circuito de convivência e com a responsabilidade e competência de instruir seus filhos para que eles possam "arrumá um trabalho melhor", enfim, "para ser alguém na vida". A isso está também vinculada a expectativa que têm acerca do tempo de escolaridade dos filhos, como revela a fala de um pai de aluno em processo de aceleração. Quando indagado sobre o que pensa e que importância atribui ao tempo de escolaridade do filho, responde:

> - Vida, se soubé aproveitá o estudo, pode ter uma vida boa. Mas um bom trabaio também ajuda. Porque tem muita gente com alto grau de estudo e que tá muito mal, né.... Eu fiz até o 3° ano primário, né. Mais naquele tempo era diferente... o que eu aprendia na escola ajudava. Eu fazia as quatro conta sem medo. Vendia mandulate e era capais de pegá cem mandulate, pagá e sabê na hora quanto vendê cada um.
> - E hoje, como é a escola? É mais fácil ou mais difícil que no seu tempo?
> - É bem mais difícil, tem muito aluno. Antigamente a própria professora tinha uma vime (vara) e surrava o aluno, né... ela passava a vara e pouco aluno...[11].

Então, a escola é o lugar de aprender um pouco do necessário para se virar na vida e, também, um lugar de aprender a obedecer e a se comportar, destinado a formar as crianças de modo que sejam bem educadas. Ocorre que o conceito de boa educação parece estar muito mais próximo da obediência servil, sem resistência, que formata um sujeito passivo, do que qualquer possibilidade de ser uma educação voltada aos seus interesses como classe social excluída, uma educação que permita e viabilize a participação, que os ajude a compreender a gênese de suas condições de vida, formas de intervenção e mudança. O que demonstra a impregnação dos valores da cultura dominante na cultura dominada.

Muito embora os pobres desejem a escola, como lembra Connell (1995), eles não conseguem desejar outra escola senão aquela destinada a reproduzir neles e fazê-los reprodutores autônomos da visão dominante. Querem uma escola que os ajude a *ser alguém na vida*, mas o "alguém na vida", significa trabalhar, estar empregado, obter, possuir, consumir. Poderia-se arriscar a dizer que, a grosso modo, o *ser alguém na vida* significa ser um dominante. Essa é a sua referência de vida. Entretanto, não significa reduzir a importância da perspectiva econômica presente nesse desejo de escolaridade dos pobres. Não é essa a pretensão da análise que se realiza. O que se pretende é evidenciar o padrão tanto de escola, enquanto instituição a serviço da reprodução dos valores dominantes, como do indivíduo enquanto sujeito dominado com valores de vida dominantes. E mais, pretende-se observar que, também para os pobres, a escola não tem outra função além de permitir o acesso a melhores condições de vida no estrito sentido econômico. Ficando a possibilidade de a escola ser um centro articulador dos interesses de classe, um fator de compreensão, leitura, intervenção e mudança da realidade; numa espécie de *"zona de penumbra"*, para usar um termo de Nudler (1975)[12], ou, arriscando-se ainda mais, sob uma cortina de fumaça quase intransponível, cuidadosamente controlada pela ideologia dominante.

Essa observação parece sugerir um paradoxo quando analisadas as respostas dadas pelos pais e pelas mães de crianças em processo de aceleração da aprendizagem acerca de tal programa. Nenhum dos entrevistados dirigiu-se ao programa de forma negativa, como se pode verificar nos seguintes depoimentos:

> – Antes, na escola onde o Mário estudava ele não sabia nada, o pessoal me chamava prá dizer que ele tinha que reprovar. Agora ler já sabe ler e até tá vendo as horas. O trabalho na escola está muito bom. É muito importante estudar em dois períodos. O Mário tem que continuar mais um tempo.
> – A escola está de parabéns a Fernanda gosta de estudar, está com muito mais vontade de aprender. Na outra escola era uma professora nova, estagiária, logo formada, que não conquistou a menina. Aqui a professora dá atenção especial. Ela quer ir para a escola às 11 horas da manhã.
> – A Aline mudou bastante depois que ela começou a ir na escola de manhã e de tarde. A gente faz o impossível para eles irem na aula. O estudo faz a gente ganhar mais e também ajuda a arrumar um emprego melhor[13].

Porém, tal paradoxo parece se dissipar quando a análise toma o elemento econômico como principal referência para a freqüência à escola. Ou seja, a escola, como sugerem as próprias falas, ocupa um lugar de destaque na escala valorativa da família, não por conta do que ela poderia vir a ser, mas por conta da possibilidade de ampliar os horizontes de vida, no sentido de ter um emprego e um salário garantidos.

Por isso, parece correto supor, que essa valoração se torna vulnerável e, ao primeiro sinal de alerta no sentido de garantir a subsistência do grupo familiar, as crianças faltam aula para desempenhar a função que lhes é designada neste contexto de luta pela sobrevivência. Muitas vezes não mais retornam à escola porque, como pequenas tribos nômades, migram para outros espaços procurando ampliar as condições imediatas de sobrevida.

Do ponto de vista econômico, as famílias se caracterizam por um significativo número de pessoas habitando um mesmo espaço de moradia. Fator que decorre do não ter onde morar, visto que as condições salariais não permitem o pagamento de aluguel. Então é conveniente que morem numa única casa que, em muitos casos, é de um dos membros da família. Por exemplo, num dos locais de moradia encontrou-se a seguinte situação: uma filha adulta ganha um terreno de seu parceiro e nesse terreno reúne praticamente toda a sua família (pai, mãe, irmãos, cunhados, sobrinho). Desse modo, desenham-se no terreno várias casinhas formando um pequeno mapa familiar. Esse processo permite que todos morem sem pagar aluguel, ainda que as casas sejam de lona ou de madeira bastante simples, melhoradas com compensado, pedaços de telha e lata, etc. Justifica-se desse modo, o grande número de famílias que não pagam aluguel, o que não significa que possuam boas condições de vida.

Nesse conjunto encontram-se as crianças em processo de aceleração, motivo deste estudo, habitando, com seus núcleos familiares, este espaço geográfico cujo relevo não se reduz aos aspectos meramente moldados pela geografia, mas traz colado a si o desenho produzido pela história de formação econômica, política e cultural do Oeste catarinense como um todo e, de modo especial, do município em estudo. Muito embora pareça possível ampliar a caracterização econômico-social do aluno em processo de aceleração para outros que não estão neste processo, este estudo limita-se a descrever e analisar — a partir dos parâmetros teóricos norteadores — o aluno em processo de aceleração da aprendizagem tendo em vista dois motivos principais: contribuir para uma leitura do sujeito humano como sujeito histórico-cultural concreto e, a partir dessa contribuição, possibilitar o desenvolvimento de políticas educacionais efetivamente voltadas ao atendimento da aprendizagem como processo central a ser promovido pela escola.

AS CRIANÇAS E ADOLESCENTES EM PROCESSO DE ACELERAÇÃO DA APRENDIZAGEM: PERCEPÇÃO DOS SUJEITOS SOBRE AS CONDIÇÕES DE EXISTÊNCIA

Os dados coletados na pesquisa de campo permitem colocar com certa segurança, a existência de processos muito semelhantes que acabam por unificar, de certo modo e em alguns aspectos, as regiões pesquisadas. Foram significativamente próximas as respostas dadas pelos alunos em processo de aceleração da aprendizagem no que se refere ao modo como elaboram a experiência com a escola, a família e sobre o modo como se percebem nesse processo. Da mesma forma, os dados referentes ao histórico escolar traduzidos no objetivo de verificar a freqüência à escola, a defasagem idade/série[14], indicada pelo número de vezes que repetiu o ano escolar, de verificar quantos são meninos e quantas são meninas, não apresentou grandes variações de região para região.

Com relação ao número de irmãos declarados, verificou-se[15] que, em que pese pequenas variações entre as distintas regiões, houve uma concentração maior para entre 3 e 5 irmãos, perfazendo um índice de 37,66% do total da amostra e, para entre 5 e 8 irmãos com um percentual de 27,20% da amostra total. Esses índices parecem apontar para o fato de que os núcleos familiares propriamente ditos, de modo geral, constituem-se com um número significativo de pessoas.

Se tomados pela situação de pobreza em que se encontram, como sugere a revelação dos dados, é possível considerar e tomar como uma manifestação concreta do nível de vida, uma significativa taxa de natalidade. O que pode significar, para essas famílias, tanto a possibilidade de melhorar o nível de vida, a partir do crescimento dos filhos que se tornam capazes de prover recursos para a sobrevivência de todos, quanto um nível de desinformação relativamente grande no que se refere a métodos contraceptivos, mesclado à crença de que o nascimento de filhos tem a ver com uma revelação divina, ou mesmo um mando divino, caracterizando a forte presença da religiosidade e a influência desta na vida cotidiana dessas famílias.

Do mesmo modo, pôde-se observar que o número de pessoas que vivem juntas, num mesmo núcleo familiar, também se mostrou bastante semelhante entre as regiões pesquisadas, prevalecendo em todas elas um percentual superior para um número entre 3 e 6 pessoas (57,32%) e entre 7 e 10 pessoas (38,07%), considerando sempre a amostra total. Parece importante destacar que esses núcleos familiares caracterizam-se, de modo significativo, pela convivência num mesmo ambiente de pessoas ligadas por laços de consangüinidade e/ou parentesco próximo. Contudo, esses núcleos não seguem sempre um mesmo padrão, impedindo que se caracterize de um único modo as relações que travam nesses núcleos. Observou-se casos, por exemplo, em que as crianças vivem numa casa com tios, tias, avós e seus respectivos cônjuges e a mãe legítima mora ao lado separada do restante do núcleo por imposição de seu companheiro que não aceita o convívio com filhos que, por laços de sangue, não são seus. O filho declara:

> – Eu não moro com a minha mãe porque o meu outro pai não qué... as veiz eu poso lá, quando ele não tá em casa..." (menino em processo de aceleração da aprendizagem)[16].

Um elemento que também merece destaque é o fato de que a grande maioria dessas crianças moram com suas famílias, ainda que essas se caracterizem por núcleos familiares cuja abrangência é, quase sempre, superior ao núcleo mais próximo como pai, mãe e filhos. Foram poucos os casos de crianças que declararam morar com avós ou tios apenas. O fato de o núcleo familiar extrapolar o convívio estrito de pais/mães e filhos parece estar associado a questões tanto de ordem econômica quanto de ordem cultural.

Desse modo, encontram-se muitas das crianças em processo de aceleração da aprendizagem habitando em aglomerações desenhadas em pequenos espaços, normalmente o último espaço limite do bairro ou da região onde vivem.

Muitas dessas crianças assumem, no interior do modo de vida que se inserem, tarefas de ajuda. Da amostra pesquisada 76,99%[17] declararam contribuir nas atividades desenvolvidas pelo núcleo familiar, ajudando a manter o modo de sobrevida que se instala entre eles e cumprindo todo um ritual típico de seus núcleos.

> – Ajudo a mãe fazê serviço, buscá lenha... prá fazê salada, quarqué coisa prá mãe eu faço (menina de 10 anos em processo de aceleração).
> – Ajudo meu pai cobrir erva, botá terra no tronco do pé de erva pruquê si não o só queima a raíz. Eu ajudo a minha mãe... barro a casa, corto lenha e dô comida prô cachorro do meu vô (menino de 10 anos).
> – Ajudo meu pai limpá as calha do galinhero, limpá o chiquero, soltá a porca lá no cachaço, ajudo a minha mãe a soltar as vaca (menino de 8 anos).
> – Eu barro o terrero, lavo a loça prá mãe... (menina de 9 anos)[18].

Essas falas são reveladoras do nível de participação das crianças no conjunto das relações domésticas, bem como um ritual que se impõe num cotidiano específico vivido por suas famílias. Contudo, nas respostas das crianças, foi possível evidenciar também a presença de uma hierarquia nessas relações e, em muitos casos, a presença do limite dado pela violência. Ao questionar às crianças previstas pela amostragem, o que acontece quando fazem algo errado, 60,67%[19] declararam apanhar de seus pares (pai, mãe, avós, tios e irmãos mais velhos):

> – Eu apanho. Minha mãe me surra muito.
> – O pai me bate.
> – Eles passa a vara mesmo, não qué sabê.
> – Batem em mim com chinelo, deixam fora de casa... a mãe é braba... o pai bate com vara na cabeça, nas minha costa [...][20].

Depoimentos desse tipo foram muito freqüentes em todas as regiões; contra 23,85% que declararam existir uma relação onde pai e mãe conversam:

> – Eles exprica prá não fazê mais (menina de 9 anos).
> – A mãe explica prá nóis não fazê de volta (menina de 13 anos)[21].

Talvez essa situação possa ser vinculada ao desgosto que as crianças declararam possuir em relação às brigas que ocorrem em seus lares. Indagadas sobre o que menos gostam na sua família, 76,98% se referiram à violência (brigas) como principal ponto negativo do núcleo ao qual pertencem. Entretanto, quando a pergunta se invertia para: o que você mais gosta na sua família? A grande maioria colocou: "- Que não briguem", confirmando assim, a presença de um ritual de agressividade quase permanente em suas vidas:

> – Eu não gosto quando pai atiça os cachorro atrais de nós e o cachorro morde mesmo... eu fico cum medo e corro lá prá drento de casa (menino de 10 anos).

Um ritual que precisa ser analisado, não como fenômeno natural da vida dos pobres, mas como produto do processo histórico que desencadeou relações de desigualdade tanto socioeconomicamente quanto em termos de comportamentos, valores, enfim, em termos de legado cultural cuja teia de relações se apresenta, como um complexo social e cultural não tão simples de decifrar:

> – Na minha família eu gosto que minha família seja legal... que nem naquele dia que o pai saiu eu fiquei triste... o meu irmão bateu nos óio dele e ele foi prá casa da minha vó e agora ele vortô *eu achei legal. Eu gosto de tudo na minha família* (menino de 10 anos).

Contudo, essas mesmas crianças demonstraram vivenciar intensamente as relações presentes nos seus núcleos, as situações de medo, de insegurança, de luta pela sobrevivência. Em muitas respostas referentes à questão: o que mais gosta na sua família?, evidenciou-se:

 – Gosto quando tem mais dinheiro.
 – Que não briguem e não passem fome.
 – Quando o pai e a mãe arruma serviço.

As falas desnudam um cotidiano marcado pela dureza da luta para continuar vivendo, em que pese os desafetos.

Muitas dessas respostas também caminham na direção de reproduzir valores colocados como corretos num processo histórico que viabilizou a hegemonia de uma cultura sobre as demais. No Oeste catarinense, como já foi colocado neste trabalho, a cultura européia, branca, era caracterizada como correta pelo costume de acumular e produzir excedentes nos moldes capitalistas de produção.

Outro elemento significativo, tendo em vista dois possíveis nortes de análise, parece ser com relação à questão: por que você vem à escola? As respostas revelaram, a princípio, um cunho econômico bastante significativo em todas as regiões. No total da amostra 64,85%[22] declararam vir à escola para: "- quando crescê pôde arrumá um serviço" evidenciando um valor ocupado pela escolaridade que estaria diretamente vinculado à necessidade de melhorar as condições de vida.

Essa preocupação aparece contraditória quando comparada ao fato de que a grande maioria das crianças demonstraram não possuir grandes expectativas de escolarização, muito embora declarem o desejo de continuar os estudos. Ou seja, ao que parece, elas desconhecem a existência de outros níveis de escolaridade a serem alcançados já que 75,73% da amostra declararou não saber até quando pretende estudar[23]. Ao que parece, a busca pela escolaridade de níveis superiores (2º e 3º graus) não está colocada para essas crianças, o que está colocado com significativa relevância é a necessidade de estudar até que isso lhe garanta um modo de sobrevivência, como revela essa fala de um menino de 8 anos:

> – Sim, eu pretendo continuar os estudo até o 6º grau... que daí eu tô bem formado prá trabaiá na Sadia... nos computador ou sê técnico.

Ou ainda, na fala de uma menina de 10 anos:

> – Venho na aula prá aprender porque se a gente não aprende assim no colégio, não pega serviço.

Ou, de outro modo, revelando um caráter bastante pragmático, ou ligado a uma necessidade imediata do seu núcleo familiar:

> – Por que eu quero aprender... por que daí quando a gente aprende comprá uma casa.

Há, talvez, um outro aspecto importante a ser levantado. Trata-se do fato de que nas falas das crianças, foram poucas as vezes em que se referiram a uma profissão em específico (professor, médico, engenheiro etc.). Na maioria dos casos, ainda que os fatores trabalho e sobrevivência superem em todas as regiões, eles não vêm associados de um "querer ser". Ou seja, a escola parece ser útil para conseguir trabalho, mas esse trabalho, parece correto supor, manifesta-se o perfil pragmático e economicista visto na escola, não vincula-se diretamente com o desejo de realizar uma profissão para além daquelas postas em seu cotidiano. Por um lado, poderia parecer infame e presunçosa a preocupação em que se manifestasse nessas falas um princípio de sonho por uma ou outra profissão, visto que, poderia estar revelando um viés pragmático e utilitarista da pedagogia, tão denunciada por Rubens Alves em *Estórias de quem gosta de ensinar*, da própria infância e/ou adolescência. Visto sob outro prisma, parece possível inverter esse olhar: se olhada, essa ausência de "querer ser isto ou aquilo", como ausência de utopia, de esperança, de perspectiva, ela pode estar, então, desnudando uma faceta perversa delineada pela rotina da miséria, da pobreza, da falta de ter e mesmo da falta de ser, que se produziu ao longo dessa história cujos caminhos, em que pese a contradição e o movimento dialético, traçaram modos de produção e distribuição, modos de pensar e de se comportar, pouco ou nada igualitários, fraternos ou justos.

Muitas dessas respostas que indicam o perfil econômico atribuído à escola, podem estar indicando também uma outra faceta, igualmente perversa, desse processo histórico: a perda da identidade. Mesmo quando uma criança responde que vem para a escola *prá sê gente, prá se alguém na vida, prá se quarqué coisa no mundo*, como colocam algumas delas, mesmo aí, esse *ser gente* está significando um *ser* a partir de uma ótica instalada pelo processo cultural. O *ser gente*, indica um ser branco, trabalhador, econômico, um ser que tem dinheiro, etc., porque a referência se construiu, quase sempre, nesse sentido. As observações realizadas durante as entrevistas permitem colocar nestes termos esta análise, rebuscando em Paulo Freire (1981, p. 33) a fundamentação que a torna mais próxima de uma verdade:

> [...] A estrutura do seu pensar se encontra condicionada pela contradição vivida na condição concreta, existencial, em que se 'formam'. O seu ideal é, realmente, ser homens, mas para eles, ser homens, na contradição em que sempre estivera e cuja superação não lhes é clara, é ser opressores. Estes são o seu testemunho de humanidade.

Se tomada no processo histórico-cultural que desenhou o Oeste catarinense, essa leitura pode ganhar dimensões significativas para o trabalho pedagógico com os alunos em processo de aceleração da aprendizagem. Levando em consideração que o processo de exclusão dos caboclos, a valorização e padronização da cultura européia branca, masculina e acumulativa, o julgamento de que o bom caboclo era/é aquele que dobra a espinha e assume como sua a cultura do outro (branqueamento caboclo) e mais, o dado demonstrador de que 63,18%[24] dos sobrenomes da amostra pesquisada são de origem cabocla, indica a presença de um aluno concreto, efetivamente constituído nessas relações e por elas desapropriado de sua identidade cultural.

Se não forem levados em consideração – especialmente frente às novas facetas assumidas pelo competitivo mercado capitalista, e mesmo numa perspectiva de superação das relações excludentes – a desesperança e o não-reconhecimento de si mesmo, presentes nessas (e noutras) crianças, pode tornar o trabalho pedagógico inócuo, oco de significado e incapaz de promover o desenvolvimento de novas e tão sonhadas habilidades cognitivas. Mesmo se caracterizado como um trabalho colorido, aparelhado e alegre, poderia se tornar vazio, mutilado pelo caráter idealista que tem levado muitas pedagogias para o caminho do falso resgate da auto-estima do aluno pobre, à medida que privilegia a fetichização da realidade ou permanece numa leitura empírica desse sujeito do processo de ensino e de aprendizagem.

O tão decantado resgate da auto-estima não se materializa na celebração das conquistas individuais de cada um ou de um pequeno grupo de indivíduos em processo de aceleração que omite a trama das relações sociais nas quais se engendraram todos os preconceitos inerentes a esse processo. O resgate da auto-estima se dá no interior de um projeto político alternativo e materializado na instrumentalização que permita novas interpretações da trama social e a construção de processos organizativos, coletivos, cujas habilidades não se resumem em rapidez de raciocínio, capacidade de avaliar o produto de modo crítico etc., mas que, para além disso, promovem princípios de solidariedade social, comprometimento e identidade de classe e outros mais.

05

O PROCESSO DE ACELERAÇÃO DA APRENDIZAGEM: UMA INDAGAÇÃO

Uma proposta pragmática de como é a aceleração da aprendizagem, põe em relevo, novamente, uma série de questionamentos em torno do fracasso escolar das crianças pobres. Notadamente, pelas características que assumiram as políticas oficiais empenhadas em resolver o problema do fracasso escolar, coloca em estado de alerta os profissionais da educação que, mais uma vez, se vêm alvos de toda sorte de crítica em torno dos preconceitos inerentes à ação educativa referentes ao processo de aprendizagem dos alunos. Desse modo, ao final da frase "aceleração da aprendizagem" cabem, efetivamente, alguns pontos de interrogação: a quem serve? para quê serve? acelera efetivamente o quê? a aprendizagem de quem?

Ao procurar tratar do último questionamento, o presente estudo, a partir de um processo de reflexão e análise, ocupou-se da tarefa de ver a aceleração da aprendizagem como uma medida prático-pedagógica e o significado que pode assumir na estrutura educacional, cuja proposta educativa funda-se na concepção de que o aluno constitui-se como ser histórico, concreto.

Os dados empíricos, no âmbito dos aspectos sociais e econômicos, revelaram a condição de pobreza, em alguns casos quase absoluta, das crianças em processo de aceleração da aprendizagem. Concretamente, nos termos observados, pode-se dizer, essas crianças são portadoras do nada, à medida que o lugar onde moram, o que podem comer, o que podem vestir e, em larga escala, o que podem fazer, não lhes permite mais do que manter-se vivos, não como homens e mulheres, mas como animais, para usar Marx (1975).

Do ponto de vista da consciência que possuem da realidade na qual estão inseridas, a pesquisa identifica a manifestação concreta do modo como se atravessam, na cotidianidade da população pobre, os padrões, conceitos e comportamentos típicos do modelo de pensamento capitalista liberal. E, neste sentido, procura contribuir na elaboração de um processo pedagógico, no âmbito da aceleração da aprendizagem, que descortine e ponha à mostra a trama de relações cuja finalidade é fazer da classe trabalhadora e pobre, opressora de si mesma. Mas, também, que se constitua enquanto espaço alternativo de reconstrução da prática educativa como ação transformadora.

Assim, a proposta de aceleração da aprendizagem se coloca como um espaço a serviço da ruptura com visões reducionistas do processo de ensino e de aprendizagem por um lado, e na perspectiva de compreensão do aluno como sujeito histórico-concreto por outro. Isto é, como sujeito que se constrói num processo histórico, permeado por uma trama de relações criadas pelos próprios homens. É nessa trama de relações que ele se constitui enquanto sujeito ativo, é nela que se forma, transforma e se transforma. Produz valores, comportamentos, padrões que regem as relações cotidianas. Trata-se, pois, de um indivíduo vivo. O que permite dizer com Marx e Engels (1993, p. 37-38) na Ideologia Alemã, que:

> Não é a consciência que determina a vida, mas a vida que determina a consciência. Na primeira maneira de considerar as coisas, parte-se da consciência como do próprio indivíduo vivo; na Segunda, que é a que corresponde à vida real, parte-se dos próprios indivíduos reais e vivos e se considera a consciência unicamente como sua consciência.

Essa maneira de considerar as coisas, continuam os autores, parte de pressupostos reais. Esses pressupostos são os homens, não isolados, abstraídos,

> [...] mas em seu processo de desenvolvimento real, em condições determinadas e empiricamente visíveis. Desde que se apresente esse processo ativo de vida a história deixa de ser uma coleção de fatos mortos, como para os empiristas ainda abstratos, ou uma ação imaginária de sujeitos imaginários, como para os idealistas (MARX e ANGELS, 1993, p. 38).

Partir da realidade concreta, do sujeito humano concreto, vivo, pleno de sua historicidade, significa exatamente partir. Pois, o ponto de partida determina que se ande, que se caminhe. Assim, a realidade imediata apresenta os elementos através dos quais se poderá percorrer o caminho da releitura dos fatos, e neles, dos sujeitos, das individualidades construídas. Logo, para ficar no âmbito da perspectiva marxista de análise, se é o modo de vida determinado pelo modo de organização da sociedade, que determina o modo de pensar dos sujeitos humanos, então, o caminho de compreender o sentido que esse sujeito dá para a sua própria vida é o que conduz ao entendimento em torno do modo social de organizar a produção, o trabalho e as ideologias que marcam a luta pela hegemonia numa dada sociedade.

Como referem-se Marx e Engels (1993, p. 36) na Ideologia alemã: "O representar, o pensar, o intercâmbio espiritual dos homens, aparecem aqui como emanação direta de seu comportamento material". Em nota de rodapé, os autores continuam

> [...] As representações que esses indivíduos elaboram são representações a respeito de sua relação com a natureza, ou sobre suas mútuas relações, ou a respeito de sua própria natureza. É evidente que, em todos esses casos, essas representações são a expressão consciente – real ou ilusória – de suas verdadeiras relações e atividades, de sua produção, de seu intercâmbio, de sua organização política e social (MARX e ENGELS, 1993, p. 36).

Parece ainda importante atentar para as implicações dessa leitura e, sobretudo, enfatizar que não se trata de uma análise que considere apenas os condicionantes do meio imediato no qual o indivíduo vive a sua cotidianidade e, em nome dos limites aí colocados, justifique o fracasso das crianças ou sua não adequação ao padrão de aprendizagem – implícita ou explicitamente –, determinado pela escola. É importante, neste sentido, esclarecer que, para a teoria histórico-cultural, como afirma Markus (1974) citado por Duarte (1993, p. 105):

> [...] as condições histórico-sociais que determinam o indivíduo não devem ser entendidas como grilhões externos e estranhos que tendem a atrofiar, reprimir etc., suas inclinações e aspirações 'autênticas'. Essas condições são, pelo contrário, as autênticas condições intrínsecas de sua individualidade concreta, isto é, condições que, ao serem apropriadas, convertem-se em elementos e traços essenciais da personalidade do indivíduo.

Logo, como comenta Duarte (1993), as teorias psicológicas e pedagógicas que vêem nas condições sociais imediatas dos sujeitos apenas barreiras que inibem e reprimem o desenvolvimento e expressão da autenticidade do indivíduo, absolutizam o problema que realmente existe, mas que, contudo, não é inerente à formação da personalidade humana independente do contexto histórico. Antes, a individualidade, é resultante do fato dessa formação se realizar sob condições sociais de dominação e alienação, no sentido marxista do termo. Então, a leitura do contexto que abriga as crianças pobres – em processo de aceleração ou não –, carece compreender antes e sobretudo, as diferentes formas de manifestação e materialização do processo de alienação no desenvolvimento desses sujeitos.

Contudo, a freqüência em si da escola, não garante o que foi dito anteriormente. Para que a criança pobre tenha na escola um espaço efetivo de reinterpretação da própria realidade, essa escola precisa estar de posse de algumas características fundamentais. Precisa ter uma opção político-pedagógica clara, definida em favor da população pobre. Precisa constituir-se como mecanismo de articulação dos anseios das crianças e de sua comunidade. Precisa munir-se de uma leitura crítica acerca da realidade e do modo como, nessa realidade, forjam-se os sujeitos com os quais trabalha. Logo, não basta freqüentar a escola. No dizer de Rego (1995, p. 108),

> A escola desempenhará bem o seu papel, na medida em que, partindo daquilo que a criança já sabe (o conhecimento que ela traz do seu cotidiano, suas idéias a respeito dos objetos, fatos e fenômenos, suas 'teorias' acerca do que observa no mundo), ela for capaz de ampliar e desafiar a construção de novos conhecimentos, na linguagem vygotskyana, incidir na zona de desenvolvimento potencial dos educandos. Desta forma poderá estimular processos internos que acabarão por se efetivar, passando a constituir a base que possibilitará novas aprendizagens.

Torna-se imprescindível caracterizar a prática pedagógica como articuladora dos interesses populares, uma vez que o interesse maior reside na construção de processos de ensino e de aprendizagem voltados à formação de indivíduos com perfil de autonomia intelectual, consciência histórica, sensibilidade social, solidariedade de classe, liderança e ação coletiva, capacidade de auto-representação. Senso crítico entendido como habilidade de criticidade do modelo de desenvolvimento e à capacidade de organização e intervenção[1] no conjunto das relações da vida concreta, como quer a proposta em estudo. Por sua vez, a função de articuladora requer da escola a habilidade de conhecer a comunidade na qual está inserida e com a qual trabalha, bem como compreender que nela coexistem diferentes saberes e visões de mundo e que é precisamente esse meio que constitui o ponto de partida e de chegada da prática pedagógica, para a construção do conhecimento na sala de aula.

Significa ainda, a manutenção e alimentação de um diálogo permanente com a comunidade, tanto no sentido de que ela constitua-se no espaço de fomento de temáticas fundamentais para a ação educativa transformadora, quanto no sentido de que, enquanto espaço de articulação, a escola constitua-se em ferramenta de apropriação de novos saberes pela própria comunidade. Ou seja, além de articuladora, a escola torna-se mediadora da construção de novos saberes e de novas relações no espaço social em que está inserida.

Parece correto supor que a aceleração da aprendizagem, quando norteada por um projeto político pedagógico claro em suas posições, cumpre a função primordial — no âmbito educacional — de colocar em cheque os procedimentos convencionais da escola, não apenas na especificidade da aceleração, mas nos processos escolares de modo geral. Pois, à medida que promove a aprendizagem de crianças multirrepetentes em curto espaço de tempo — demonstrando a possibilidade de mudar a face do sistema educacional, pelo menos em referência ao pedagógico — desnuda o caráter preconceituoso inerente às relações que se travam nas turmas regulares, a grosso modo. Entretanto, o cumprimento dessa função implica também numa leitura que permita compreender o aluno como sujeito historicamente situado e, mais que isso, implica numa posição que, talvez, mesmo antes de ser pedagógica, seja uma posição política declarada a favor da superação das relações de expropriação do direito de viver, como tem sido.

Desse modo, a aceleração da aprendizagem, enquanto programa que visa o sucesso do aluno com defasagem idade/série, pode tornar-se efetivamente um espaço de superação das visões preconceituosas desenvolvidas em torno do fracasso escolar de crianças pobres. Não se trata apenas de comemorar os avanços das crianças em torno da apreensão de conteúdos mediante uma abordagem que reconstitua sua auto-estima, valorize sua produção individual e sua capacidade de realizar tarefas. Trata-se de, mediante um projeto político pedagógico definido coletivamente pelo grupo de docentes e comprometido com a superação do fracasso escolar, não apenas das crianças com defasagem idade/série, mas do fracasso como fenômeno escolar em geral, desencadear um novo e revolucionário olhar sobre o processo de ensino e de aprendizagem na escola.

Neste sentido, e no sentido explicitado pela proposta em estudo, a reconstrução da auto-estima de meninos e meninas das classes populares, necessariamente constitui-se numa ação mediada por processos que visem, antes e, sobretudo, a tomada de consciência pelo aluno acerca do lugar por ele ocupado nas relações sociais, nas relações de produção e de trabalho. Não se trata de um procedimento pedagógico carregado de pessimismo, mas, ao contrário, trata-se de desenvolver estratégias metodológicas que tornem o espaço escolar atraente, alegre e solidário. Aqui, a auto-estima é um resultado do desenvolvimento da capacidade de autonomia, organização, construção de uma identidade histórica, da solidariedade de classe etc. Ou seja, a auto-estima se dá num processo de conhecer a si próprio a partir dos elementos da história e da leitura crítica da realidade na qual está inserido. No dizer de Gramsci (1984, p. 12):

> O início da elaboração crítica é a consciência daquilo que somos realmente, isto é, um 'conhece-te a ti mesmo' como produto do processo histórico até hoje desenvolvido, que deixou em ti uma infinidade de traços recebidos sem benefício no inventário. Deve-se fazer, inicialmente, esse inventário.

Mais adiante o autor ainda comenta que o desenvolvimento de uma concepção de mundo crítica e coerente se torna impossível sem a tomada de consciência da própria historicidade.

Conceber a aceleração da aprendizagem, como o faz a Secretaria Municipal de Educação em estudo, como um espaço onde se torne possível tomar nas mãos a história, apropriar-se no movimento da sociedade, compreender-se como sujeito de um processo histórico, ler as relações, tornar-se capaz de intervir de forma coletiva e organizada na sociedade, atuar cotidianamente como cidadão ativo, só é possível mediante um projeto político-pedagógico que considere que acelerar a aprendizagem é, antes e, sobretudo, *ler e escrever a realidade para transformá-la.*

É neste sentido que a proposta de aceleração da aprendizagem pode constituir-se um momento privilegiado de desenvolvimento de novas práticas e novos olhares sobre o processo de aprendizagem. Não apenas de crianças com defasagem idade/série, mas de toda relação pedagógica da escola. Mas, insiste-se, caso não tenha um norte político-pedagógico estará, provavelmente, fadada a não passar de uma política oficial que visa colocar o país no rol dos índices educacionais aceitáveis pelos órgãos internacionais e/ou, fortalecer ainda mais a rotulação de crianças pobres de diferentes culturas.

Pode-se ainda dizer que o aluno em processo de aceleração, por um lado, desnuda uma ferida social: o fracasso escolar das crianças pobres; mas, por outro, materializa um sujeito humano que se apropriou e se objetivou nas condições históricas que lhe foram possíveis vivenciar. E exatamente por serem históricas, essas condições são processuais porque são forjadas pela humanidade na trama de suas relações e, por serem processuais e humanas, são passíveis de mudança mediante o desencadeamento de um outro processo igualmente histórico, contraditório, dialético porque humano.

Na perspectiva político-pedagógica do programa de aceleração em estudo, em que pese o compromisso cumprido de fazer do espaço de aceleração da aprendizagem um espaço alternativo, a serviço da educação transformadora, cabe ainda uma indagação: se considerado o fato de que a aprendizagem se efetiva por um processo de troca entre parceiros com diferentes competências ou, dizendo de outro modo, pela mediação de indivíduos mais experimentados da cultura, onde reside o fundamento da defasagem idade/série?

Parece legítimo acenar para o fato de que, o grande mérito da proposta de aceleração da aprendizagem não reside apenas em torná-la um espaço de construção de práticas pedagógicas libertas de preconceitos em relação ao aprendizado das crianças da classe trabalhadora. Mas reside, sobretudo, em constituir-se como espaço problematizador das práticas tradicionais da escola por um lado, e em operar a metamorfose por outro. Isto é, em morrer como programa de recuperação da defasagem idade/série, para que vivam modelos educacionais onde a heterogeneidade etária se transforme em mais um motivo de aprendizagem.

Conclusão

Pesquisar é, muitas vezes, também, um ato de rebeldia. Dois são os motivos que fundamentam essa posição: primeiro porque pesquisar exige investir um olhar teimoso, inquieto e perseverante sobre um mesmo objeto durante um certo tempo. Um olhar insistente, problematizador que percorre caminhos, realiza uma trama de leituras e recortes até chegar ao ápice daquele seu objeto, àquilo que de melhor, de mais coerente, naquele momento histórico pode representar o tema investigado. Segundo porque pesquisar requer um retirar-se, um afastar-se, não apenas do objeto do qual ocupa-se o estudo para poder vê-lo com olhos de investigador, mas, sobretudo, um afastar-se da lida diária da vida, neste caso específico, da lida de forjar sempre novos e mais comprometidos espaços educacionais.

Mas há também o privilégio de poder desenvolver uma leitura, não definitiva, mas uma leitura possível de um objeto específico, num momento específico tanto do objeto quanto da experiência docente. Estudar um fenômeno educacional em movimento, como o é a aceleração da aprendizagem, constitui-se um desafio incomparável, em que pese poder contar com uma análise histórica e crítica das políticas educacionais que visaram a superação do fracasso escolar, realizada por outros pesquisadores.

O desejo de desenvolver tal estudo, deve-se precisamente à necessidade de enfrentamento crítico e imediato de políticas educacionais de eixo marcadamente neoliberal. O desafio de desenvolver uma atitude que, ao mesmo tempo em que realize a crítica viabilize, no e para o espaço criticado, uma política alternativa.

Não se trata, pois, de uma adesão alienada ao desencadeamento da aceleração da aprendizagem enquanto proposta pedagógica pragmática. Trata-se, antes, de ver no contexto de tal proposta a possibilidade de desenvolver um projeto político contrário à lógica que propõe. À medida que se compreende este espaço pedagógico não como espaço determinado à reprodução da visão política hegemônica, mas tanto quanto a hegemonia de tal visão, este espaço constitui-se em processo contraditório, histórico, passível de luta e de ocupações distintas.

Por sua vez, essa ocupação não significa adequação às oportunidades dadas pela classe dominante, mas sim uma ocupação norteada por um projeto político claro que coloca-se a serviço da construção de uma contra-hegemonia e, por isso, mais do que adequar-se, ocupa e amplia os espaços na lógica desejada.

Neste sentido, o tema: aceleração da aprendizagem de quem?, buscou compreender e conhecer a quem se destina o programa de aceleração da aprendizagem numa perspectiva sócio-histórica de modo que, a serviço de um projeto político pedagógico de caráter progressista, pudesse contribuir no desencadeamento de políticas educacionais voltadas ao sucesso escolar, não de crianças ocas, mas de crianças concretas, plenas de realidade, marcadas e forjadas por uma história concreta feita por homens como sujeitos da história.

O desejo não é outro senão o de ter contribuído para uma reflexão comprometida em torno do tema e suscitar novos e significativos estudos em torno de tal questão, sobretudo que visem a superação do domínio da lógica de mercado neoliberal.

NOTAS

Introdução

1 Dado apresentado pelo professor Luiz Ferreira da Silva, integrante da equipe de trabalho do gabinete do Ministro da Educação, no governo apresentado no Colóquio sobre programas de classes de aceleração, In.: Série Debates; 7.
2 DAVIS, Cláudia. *Colóquio sobre programa de classes de aceleração.* Série Debates. São Paulo: Cortez, 1998.
3 Termos utilizados por T.B. Nudler sobre os mecanismos ocultos de alienação, publicado pela *Revista de Ciências de lá Educacion*. Rosário, 1975.
4 Não significa uma redução do saber do aluno a uma idade cronológica. O agrupamento por idades obedece, entre outras questões, também ao fato de que ao longo da história a sociedade construiu uma certa cultura de que as idades cronológicas combinam certos comportamentos e atitudes. No entendimento da Secretaria em debate, trata-se muito mais de garantir um processo de interação social entre os alunos, seus saberes, seus valores e sua história na perspectiva de compreensão da realidade, do que uma mera separação por idades. Essa questão será melhor tratada no capítulo sobre aceleração da aprendizagem, onde se procura realizar um detalhamento maior da proposta da SMEC.
5 Os princípios do Projeto Político-Pedagógico da rede em estudo serão melhor detalhados no primeiro capítulo dessa pesquisa, bem como na proposta original que consta na versão original desta pesquisa.

Sobre a aceleração da aprendizagem

1 Art.23: "A educação básica poderá organizar-se em séries anuais, períodos semestrais, ciclos, alternância regular de períodos de estudos, grupos não seriados, com base na idade, na competência e outros critérios, ou por forma diversa de organização, sempre que o interesse do processo de aprendizagem assim o recomendar [...].
Art.24 – II – "A classificação em qualquer série ou etapa, exceto a primeira do ensino fundamental, pode ser feita:
a) por promoção para alunos que cursarem, com aproveitamento, a série ou fase anterior, na própria escola;
b) independente de escolarização anterior, mediante avaliação feita pela escola, que defina o grau de desenvolvimento e experiência [...].
IV – Poderão organizar-se classes, ou turmas, com alunos de séries distintas, com níveis equivalentes de adiantamento na matéria, para o ensino de línguas estrangeiras, artes, ou outros componentes curriculares;
V – a verificação do rendimento escolar observará os seguintes critérios:
a) avaliação contínua e cumulativa do desempenho do aluno, com prevalência dos aspectos qualitativos sobre os quantitativos e dos resultados ao longo do período sobre os de eventuais provas finais;

c) possibilidade de avanço nos cursos e nas séries mediante verificação do aprendizado;
d) aproveitamento de estudos concluídos com êxito (grifo nosso) (LDB 9394/96).
2 Programas de aceleração da aprendizagem acontecem, de diferentes maneiras: no estado do Paraná, através do programa de fluxo e refluxo; no Distrito Federal, como um programa para o sucesso escolar com características de movimento popular e cuja experiência já pode ser conhecida através de material impresso pelo governo democrático e popular do Distrito Federal - chamado "Turmas de Reintegração". Experiências também divulgadas em materiais específicos podem ser encontradas na Secretaria Municipal de Educação de Belo Horizonte, cuja experiência é relatada por docentes envolvidos no desafio de acelerar a aprendizagem de crianças com defasagem de idade e série. Mesmo no município de Chapecó, sede deste estudo, hoje podem ser encontrados materiais sobre a experiência de acelerar a aprendizagem relatada pelos professores e pelos diretores do programa no que diz respeito à Secretaria de Educação do governo popular, gestão 1997-2000. Além dessas fontes, muitas outras certamente encontram-se à disposição de possíveis interessados, visto que as experiências não concentram-se apenas nos lugares citados, mas também em outros municípios e estados do país, como Maranhão, Mato Grosso e Santa Catarina – estado-sede do município cuja experiência encontra-se em debate neste estudo. Materiais sobre a experiência de Santa Catarina podem ser encontrados na Secretaria de Estado de Educação com sede em Florianópolis e/ou em suas Coordenadorias Regionais de Ensino.
3 Desvantagem comparativa e vantagem comparativa são termos utilizados por Marco Maciel em artigo escrito à Folha de São Paulo em 26.11.95.
4 Fracasso Escolar tem sido temática de pesquisa em diferentes direções teóricas. Esclarecedoras têm sido as produções de May Guimarães Ferreira (1986), Maria Helena de Souza Patto (1993), Colares e Moyses (1996) entre outras.
5 Essa expressão pertence a Nudler (1975), cujo texto encontra-se no referencial bibliográfico deste estudo.
6 As diferenças entre os modelos de produção e trabalho de base fordista-taylorista e de base microeletrônica podem ser aprofundadas a partir de Segnini (1992), Ferretti (1994), Leite (1994), entre outros, já citados em nota anterior.
7 Esse fato é passível de observação a partir da análise do perfil do novo trabalhador requerido pela automação flexível, sintetizada pelos cadernos do SENAI (1995): a) viabilização da produção em pequenos e médios lotes de produtos, passando a qualidade e a diferenciação a cumprir o papel mais importante na conquista de mercados. Altera-se assim, o padrão dominante de concordância maior escala/menor preço; b) na medida em que a qualidade e não somente o preço passa a ser um critério relevante, os métodos para seu controle antes atribuídos a segmentos específicos, passam a ser realizados dentro do próprio processo de produção e não mais a posteriori, provocando *alterações significativas nas características e nos requisitos dos postos de trabalho, bem como impondo responsabilidade produtiva mais coletiva;* c) devido a maior participação da mão-de-obra no controle da produção, as técnicas de organização do trabalho também sofrem alterações substanciais, perdendo o sentido a divisão anterior entre, de um lado os papéis gerenciais e de supervisão e, de outro, as funções operacionais; d) em decorrência da introdução dessa tecnologia e do atendimento a um mercado diferenciado, a participação da mão-de-obra deixa de ser um discurso ideológico e passa a ser uma necessidade. *Para que a empresa responda rapidamente a uma alteração na demanda, há exigência que os trabalhadores sejam multiqualificados trabalhando em grupos e agora cooperando com a gerência, uma vez que passa a haver uma convergência de interesses,* superando, assim, os tradicionais antagonismos inerentes ao fordismo-taylorismo; e) elevação generalizada da qualificação para a maioria dos trabalhadores, desaparecendo o duplo sentido de qualificação - conhecimento e habilidades específicas e complexas para uma minoria, de um lado, e qualificação restrita de outro; f) mudança dos conteúdos da qualificação, pois, ao invés da especialização e do conhecimento em profundidade de um ofício, os requisitos exigidos apontam para a multiqualificação, ou seja, *a necessidade do trabalhador possuir habilidades diferenciadas como raciocínio lógico, conhecimentos de eletrônica, capacidade de julgamento, etc.* A mão-de-obra deixa de ser encarada simplesmente como um custo, passando a ser considerada um recurso; g) redimensionamento do treinamento, quer seja realizado diretamente nas empresas, ou em instituições semi-autônomas, porque perde suas funções de atendimento de necessidades imediatas por uma preocupa-

ção mais abrangente em escopo; h) viabilização de empresas, desde que inscritas em grandes aglomerações setoriais (economia de aglomeração). A verticalização deixa de ser uma vantagem. As grandes empresas passam a diversificar seus fornecedores e a descentralizar suas atividades através da subcontratação (terceirização); i) *flexibilização dos padrões de contratação* (flexibilidade numérica e funcional): contratação livre de uma multiplicidade de tarefas que o trabalhador está apto a desempenhar.

8 A frase: "formar o cidadão consumidor" foi pronunciada pelo então Ministro da Educação, Professor Paulo Renato, em teleconferência no Estado de Santa Catarina em 06 de novembro de 1997.

9 Uma das críticas efetuadas à equipe coordenadora do processo de construção da proposta política de educação da SMEC diz respeito ao fato de se ter partido das direções para então chegar aos educadores. Entretanto, esse encaminhamento precisa ser avaliado em termos políticos e mediante a necessidade dessa equipe cumprir sua tarefa de direção política do processo nos termos que, segundo Gramsci, caracterizam o papel do intelectual orgânico. Não se trata de um populismo que acaba materializando uma pseudoparticipação, mas de uma direção política séria que visa a construção de propostas de caráter democrático e popular.

10 SECRETARIA MUNICIPAL DE EDUCAÇÃO DE CHAPECÓ – Projeto Político Pedagógico, Administração Popular, 1997 – 2000. O texto marco referencial deste projeto encontra-se, na sua totalidade, nos anexos dessa pesquisa.

11 Parece oportuno esclarecer acerca da coerência do modo de organização e encaminhamentos (a lógica) característicos do modelo neoliberal. Neste sentido pode-se falar de uma coerência incoerente deste modo de organização social, uma vez que, o uso de termos de caráter progressista, no âmbito de fala, não materializa, no tocante ao gesto, uma prática no mesmo sentido. Um exemplo claro dessa questão pode ser verificado, em termos históricos, no significado atribuído à palavra *igualdade* ainda no momento da emergência do modelo capitalista de produção, enquanto um princípio fundamental da Revolução Francesa. *Igualdade*, nos termos dos ideais liberais, não significa o fim das desigualdades sociais, mas a igualdade de oportunidades dada a indivíduos cujas aptidões inatas os colocariam na ocupação de diferentes postos sociais. Não significa o fim da sociedade de classes, mas a tentativa de consolidar a igualdade de oportunidades individuais e a justiça social numa sociedade desigual. No tangente à fala, no entanto, passava o sentido de igualdade e justiça social para todos. O mesmo pode-se dizer em relação aos termos utilizados na política neoliberal atual. Muito embora não seja coerente com os princípios declarados, a lógica neoliberal aparenta ser. Esse é um dos grandes desafios da pedagogia transformadora: ler o que não está escrito e dizer o que não está dito, enfim, desnudar as facetas do neoliberalismo.

12 O texto completo da SMEC sobre os ciclos de formação encontra-se nos anexos deste estudo.

13 Frase que identifica o material produzido e editado pela SMEC sobre aceleração da aprendizagem.

14 Um levantamento diagnóstico prévio realizado pela SMEC nos primeiros momentos do programa de aceleração da aprendizagem, solicitava aos docentes uma caracterização mínima da criança em processo de aceleração. Foram encaminhados questionários simples contendo questões como: Nome do aluno? Com quem vive? Por que está na turma de aceleração? É repetente? Quantas vezes repetiu? Por que repetiu tantas vezes? Tem problemas de aprendizagem? Tem dificuldades de aprendizagem? Uma análise das respostas dadas a essas questões realizadas por conta da função de assessoria ao programa, permite colocar que significativa parcela das mesmas indicavam uma visão limitada do processo de aprendizagem desses alunos. Em muitos casos a resposta à questão "por que está na turma de aceleração", explicitou a leitura de homogeneidade: "por não acompanha a turma", foi uma das que mais apareceu. "Por não realizar atividades propostas pela professora" foi outra resposta que chamou a atenção e que indica uma relação autoritária e a aceleração como castigo ao mau comportamento. "Por não conseguir passar da letra cursiva para a caixa alta", ou vice-versa, caracteriza outra resposta muito presente neste primeiro levantamento, indicando um padrão rígido de escrita muito mais preocupado com a mecanicidade do ato motor de escrever do que com a compreensão da realidade através da aquisição da leitura e da escrita. Esse dignóstico prévio somado às visitas realizadas em cada uma das escolas, permite dizer do desafio a ser enfrentado pela equipe coordenadora, em termos de mudança de cultura pedagógica.

15 Trata-se do método dialético-materialista de análise proposto por Marx e Engels.

O HUMANO CONCRETO NA ACELERAÇÃO DA APRENDIZAGEM: UM OLHAR TEÓRICO-METODOLÓGICO NO PONTO DE PARTIDA

1 A leitura de Agnes Heller refere-se basicamente ao texto de "O Cotidiano e a História", publicado pela editora Paz e Terra (1987). Esse texto revela uma pensadora marxista que, mais tarde abandona Marx e, segundo Granjo (1996, p. 73) "[...] abandonou também a perspectiva dialética e, mais que isso, perdeu a consistência teórica". Vale ressaltar, entretanto, que, para os fins deste estudo, a leitura pauta-se numa Heller marxista em que pesem as mudanças posteriores, do perfil da autora. De Marx, utilizam-se textos de "O Capital", "Os Manuscritos Econômicos e Filosóficos" (tradução portuguesa de 1975); além de "A Ideologia Alemã" de Marx e Engels (1993).
2 O termo experiência concreta tem, para os propósitos deste estudo, o objetivo de elucidar, ainda que não de modo total e absoluto, as formas de pensamento, as imagens da realidade vivida elaborada em cada indivíduo. Compreende-se com Marx e Engels (1993, p. 36-37) que *"A produção de idéias, de representações, da consciência, está, de início, diretamente entrelaçada com a* atividade material e com o intercâmbio material dos homens, com a linguagem da vida real. O representar, o pensar, o intercâmbio espiritual dos homens, aparecem aqui como emanação direta de seu comportamento material. O mesmo ocorre com a produção espiritual, tal como aparece na linguagem da política, das leis, da moral, da religião, da metafísica, etc. de um povo. Os homens são os produtos de suas representações, de suas idéias, etc., mas os homens reais e ativos, tal como se acham condicionados por um determinado desenvolvimento de suas forças produtivas e pelo intercâmbio que a ele corresponde até chegar às suas formas mais amplas. A consciência jamais pode ser outra coisa do que o ser consciente, e o ser dos homens é o seu processo de vida real".
3 Vale lembrar que esses dados correspondem à época da pesquisa. Hoje já estão alterados, pois, foram construídas novas escolas em diferentes regiões do município tanto para o atendimento das séries iniciais do ensino fundamental, quanto para o atendimento da demanda de educação infantil. Também foram aprovadas inúmeras creches comunitárias que, através da organização das comunidades em convênio com a Secretaria Municipal de Educação atendem a uma significativa parcela de crianças que ainda não podem ser atendidas nos espaços formais da educação infantil pública.
4 Sendo assim, o município foi dividido em 7 (sete) regiões: 6 (seis) urbanas e 1 (uma) abrangendo toda a área rural, ficando nomeadas da seguinte forma: região Esperança com 30 alunos na amostra, região Boa Vista com 29 alunos para a amostra e 30 alunos efetivamente entrevistados; região Horizonte com uma amostra de 49 alunos; região Raízes com 21 alunos; região Nascente com 44 alunos para amostra; região Poente com 20 e região Torrão com 52 alunos para amostra. Os nomes das regiões são fictícios. A definição da amostra e distribuição da mesma nas regiões foi realizada com o auxílio de professor da área de estatística. Os resultados podem ser encontrados nas tabelas construídas a partir dos instrumentos de coleta de dados, nos anexos desse trabalho.
5 Sobre teorias do conhecimento (e da aprendizagem) sugere-se a busca de leituras como: Hessen (1973), Chauí (1997) e Lúria (1986).
6 Dados mais precisos sobre a manifestação concreta dessas concepções de aprendizagem na prática pedagógica podem ser encontrados em: Collares e Moyses (1996), Rego (1995), Patto (1993), Vygotsky (1994).
7 Uma leitura completa acerca dos modos de concepção da atividade consciente humana pode ser encontrada em Lúria (1991). Ainda sobre teoria do conhecimento sugere-se a leitura de Chauí (1997).
8 A tradução desta, data de "A Ideologia Alemã".

O CENÁRIO DA PESQUISA

1 Há uma significativa gama de autores/as dedicados à compreensão do processo de colonização e branqueamento do Brasil, entre eles/as alguns/algumas especificamente debruçados sobre o Oeste catarinense como: Poli (1991, 1993, 1998), Uczai (1992) e Renk (1994). O ponto comum entre esses/as autores/as parece residir na busca de compreensão acerca dos processos de caráter econômico e cultural ocorridos no Oeste catarinense.
2 Há uma gama de estudos acerca do processo de formação econômica, social e cultural, não apenas do oeste

catarinense, mas do Sul do Brasil, sobretudo Santa Catarina e Rio Grande do Sul, pela similaridade dos fatos. Entre eles destacam-se: Belatto, 1985; Campos, 1987; Fromm & Maccoby, 1972; Uczai, 1992; Casagrande, 1991; além dos que contribuem para este texto: Poli (1993 e 1994) e Renk (1997).

3 Esse fato foi uma constatação da pesquisa de campo. Nesse capítulo se discute e se apresenta os dados levantados pelo estudo como instrumento para compreensão do aluno como indivíduo concreto.

4 Segundo fonte da Secretaria do Desenvolvimento do município de Chapecó, a agroindústria representa 90% da arrecadação do município, mas emprega apenas 6% da população economicamente ativa. Entretanto, 65% dessa população trabalha em pequenas empresas que empregam entre 1 e 4 trabalhadores. A mesma fonte trabalha com um índice de cerca de 17% de desemprego no município. Este índice refere-se à população economicamente ativa. Se somados os que já podem, mas não iniciaram no mercado de trabalho, este valor sobe para cerca de 30%.

5 Sobre o quadro político do município de Chapecó ver HASS, Monica: Partidos políticos e a elite chapecoense: um estudo de poder local (1945 a 1965) Chapecó –SC: Grifos, 2000.

6 Os movimentos sociais do Oeste de Santa Catarina já constituíram tema de inúmeros estudos, teses de mestrado e doutorado. Entre estes estudos merecem destaque: POLI, Odilon. *Aprendendo andar com as próprias pernas.* 1993. Dissertação (Mestrado em Educação). Faculdade de Educação da Universidade Estadual de Campinas. Campinas - SP; POLI, Odilon. *Leituras em movimentos sociais.* Chapecó-SC: grifos, 1999, UCZAI, Pedro F. *Movimento dos antigos por barragens:* o caso Itá e Machadinho - 1979-1991. 1992. Dissertação (Mestrado). Pontifícia Universidade Católica de São Paulo. São Paulo; STRAPASSON, João Paulo. *E o verbo se fez terra.* Chapecó: Grifos. 1998.

7 Uma das maiores realizações da administração popular é o Orçamento Participativo, onde a população elege seus representantes/delegados e em assembléias regionais elege também quais as prioridades do orçamento do município. Quando o orçamento previsto fica aquém da estimativa é, novamente, a população quem define os cortes. Este ano, a prioridade máxima do O. P. foi a educação.

O SUJEITO CONCRETO DA PESQUISA:
O QUE DIZEM OS DADOS

1 Em função da baixa variação dos índices apresentados pelas variáveis cruzadas, optou-se pela análise mais pormenorizada apenas do cruzamento das variáveis renda e repetência. Os demais gráficos, tabelas e possíveis leituras encontram-se nos originais da pesquisa.

2 A leitura estatística desses dados foi realizada com a ajuda de um profissional da área.

3 A base para ter como referência os coeficientes de contingência de Pearson foi buscada em: BUSSAB, W. O. & MORETIN, P. A. *Estatística Básica: métodos quantitativos.* São Paulo: IME-USP, 1981.

4 Foram ainda realizados cálculos de coeficiente de contingência (C^*) para a relação entre a variável repetência e outras variáveis, os números encontrados foram os seguintes:

VÁRIAVEIS CRUZADAS	COEFICIENTE
Repetência X número de irmãos	$C^* = 0,32$
Repetência X idade	$C^* = 0,72$
Repetência X número de Pessoas na casa	$C^* = 0,53$
Repetência X Região	$C^* = 0,25$
Repetência X escolaridade da mãe	$C^* = 0,22$
Repetência X escolaridade do pai	$C^* = 0,28$

Referência: coeficiente de contingência de Pearson.

Como se pode observar, os índices indicam em todos os cruzamentos realizados uma fraca relação entre a realidade socioeconômica na qual se inserem as crianças aceleradas e a repetência das mesmas. O coeficiente mais próximo de um que poderia estar indicando uma relação perfeita entre as variáveis, está no cruzamento repetência X idade e que revela um dado óbvio, já que quanto mais a criança repete, mais idade terá na freqüência de uma mesma série. Essa fraca relação entre as variáveis permitiu a condução da leitura para outros elementos. Por isso, optou-se pela análise mais detalhada apenas do cruzamento renda X repetência. Os gráficos e tabelas com algumas possíveis leituras estão nos anexos desta pesquisa.

5 Maiores detalhes sobre estes dados podem ser encontrados nas tabelas 25 e 26 respectivamente para as atividades desenvolvidas por homens e mulheres, nos originais da pesquisa.

6 Muitas tabelas e gráficos contendo os dados de pesquisa não estão aqui detalhadas. Encontram-se nos originais do trabalho em forma de anexos da dissertação de mestrado.

7 No Oeste catarinense a igreja, a partir dos elementos filosóficos da Teologia da Libertação, desempenhou um papel fundamental no processo de organização e mobilização da população do campo que culminou com o desencadeamento de quatro importantes movimentos sociais: Movimento dos Sem-Terra - MST, Movimento dos Atingidos pelas Barragens - MAB, Movimento das Mulheres Agricultoras - MMA e o Movimento das Oposições Sindicais que levou inúmeros sindicatos de trabalhadores rurais da região a serem comandados pelos próprios trabalhadores. Movimento que ficou conhecido como sindicalismo autêntico. Entretanto, essa mesma igreja não consegue se colocar como referência para boa parte da população urbana, especialmente aqueles excluídos do processo tanto de colonização do Oeste como pelas políticas agrícolas desencadeadas e que levaram inúmeros camponeses a abandonarem suas terras. Contudo, esse fato merece estudo mais detalhado, tarefa que se coloca como desafio a outras pesquisas sobre essa região.

8 Entrevista concedida por um pai de aluno residente na região Horizonte, durante visita à família, em outubro de 1998.

9 Idem.

10 Entrevista com mães de alunos de classes de acelerações. Novembro de 1998. Região Raízes.

11 Pai de aluno de classe de aceleração. Entrevista concedida em novembro de 1998. Região de Boa Vista.

12 A autora trabalha com a gênese do paradigma da penumbra em artigo publicado pela Revista de Ciência de la Educacion, 1975. Trata-se de uma categoria utilizada para explicar o modo como o processo educativo valoriza aspectos menos significativos em detrimento de outros que, segundo a autora, são colocados numa bolsa comum do fundo perceptivo, a zona não selecionada ou zona de penumbra. Enquanto que na zona de brilho ganham destaque conteúdos e procedimentos metodológicos marcadamente alienantes.

13. Falas de mães de diferentes regiões da pesquisa, concedidas em novembro de 1998. Os nomes verdadeiros foram omitidos.

14 O grau de defasagem idade/série pode ser verificado na tabela /gráfico nº 30, nos anexos.

15 Vide tabela 2.

16 Entrevista realizada em outubro de 1998. Região Esperança.

17 Conferir tabela 17 nos originais da pesquisa.

18 Entrevistas realizadas com crianças da região Esperança, em outubro de 1998.

19 Conferir tabela 8 nos originais da pesquisa.

20 Falas de crianças de diversas regiões, obtidas em outubro de 1998.

21 Idem.

22 Conferir tabela 9 nos originais da pesquisa.

23 Conferir tabela 13 nos originais da pesquisa.

24 Este dado foi levantado *a posteriori* à coleta de campo como forma de verificação. Não havia, inicialmente a intenção de que ele fizesse parte da pesquisa. Apenas durante a construção do texto Cenário, cap. I é que se prestou atenção à importância desse levantamento. Realizou-se uma contagem direta e chegou-se a esse resultado. Não há tabela para este dado.

O PROCESSO DE ACELERAÇÃO
DA APRENDIZAGEM: UMA INDAGAÇÃO

1 Trata-se do perfil humano colocado no projeto político-pedagógico da SEMEC que encontram-se nos anexos deste trabalho, bem como, fazem parte da construção do texto do primeiro capítulo.

REFERÊNCIAS

ABRAMOWICZ, Anete & MOLL, Jaqueline (orgs.). *Para além do fracasso escolar*. Campinas: Papirus, 1997.

ALVES, Rubens. *Estórias de quem gosta de ensinar*. 6. ed., São Paulo: Cortez, 1986.

ARROYO, Miguel. *Da escola necessária à escola possível*. São Paulo: Loyola, [s.d.].

BAKHTIN, M. *Marxismo e filosofia da linguagem*. São Paulo: Hucitec, 1992.

BONAMINO, Alicia et. al. Educação-Trabalho: uma revisão da literatura brasileira das duas últimas décadas. *Cadernos de Pesquisa*. n. 84, São Paulo: fev. 1993.

CADERNOS CEDES, *Pensamento e linguagem:* estudos na perspectivas da psicologia soviética. 2. ed. n. 24. Campinas: Papirus, 1991.

_____. *Educação e multiculturalismo:* favelados e meninos de rua, n. 33. Campinas: Papirus, 1993.

_____. *Implicações pedagógicas do modelo histórico cultural*. n. 35. Campinas: Papirus, 1995.

CASTORINA, Antonio et. al. *Piaget - Vygotsky:* novas contribuições para o debate. São Paulo: Ática, 1996.

CHAUÍ, Marilena. *Convite à filosofia*. 8. ed., São Paulo: Ática, 1997.

COLL, César & EDWARDS, Derek. *Ensino, aprendizagem e discurso em sala de aula:* aproximações ao estudo do discurso educacional. Porto Alegre: ArtMed, 1998.

COLLARES, Cecília L. & MOYSES, Maria Aparecida. *Preconceitos no cotidiano escolar:* ensino e medicalização. São Paulo: Cortez, 1996.

_____. A história não contada dos distúrbios de aprendizagem. *Cadernos CEDES* n. 28. Campinas: Pairus, 1992.

CONNEL, R.W. Pobreza e educação. In.: GENTILLI, Pablo (org.). *Pedagogia da exclusão:* crítica ao neoliberalismo em educação. Petrópolis: Vozes, 1995.

CORDIÉ, Anny. *Os atrasados não existem:* psicanálise de crianças com fracasso escolar. Porto Alegre: Artes Médicas, 1996.

DAVIS, Cláudia. *Colóquio sobre programa de classes de aceleração*. São Paulo: Cortez, 1998.

DAVIS, Cláudia & OLIVEIRA, Zilma. *Psicologia da educação*. São Paulo: Cortez, 1990.

DUARTE, Newton. *Educação escolar, teoria do cotidiano e a escola de Vygotsky*. Campina: Autores Associados, 1996.

_____. *A individualidade para-si:* contribuição a uma teoria histórico-social da formação do indivíduo. Campinas: Autores Associados, 1993.

ECO, Humberto. *Como se faz uma tese*. 14. ed. São Paulo: Perspectiva, 1996.

ENGELS, Friedrich. *O papel do trabalho na transformação do macaco em homem*. 3. ed., São Paulo: Global, 1986 (Col. Universidade Popular).

FERREIRA, May Guimarães. *Psicologia educacional:* uma análise crítica. São Paulo: Cortez, 1986.

FERRETTI, Celso João et. al. (orgs.). *Novas tecnologias, trabalho e educação.* Petrópolis: Vozes, 1994.

FONSECA, Marilia. O banco mundial e a educação: reflexões sobre o caso brasileiro. In.: GENTILLI, Pablo (org.). *Pedagogia da exclusão:* crítica ao neoliberalismo em educação. Petrópolis: Vozes, 1995.

FONSECA, Vitor. *Introdução às dificuldades de aprendizagem.* 2. ed. Porto Alegre: Artes Médicas, 1995.

FONTANA, Roseli & CRUZ, Nazaré. *Psicologia e trabalho pedagógico.* São Paulo: Atual, 1997.

FORQUIN, Jean-Cleude. *Escola e cultura:* as bases sociais e epistemológicas do conhecimento escolar. Porto Alegre: Artes Médicas, 1993.

FREIRE, Paulo. *Pedagogia do oprimido.* 10. ed. Rio de Janeiro: Paz e Terra, 1981.

_____. *Extensão ou comunicação.* 4. ed. Rio de Janeiro: Paz e terra, 1980.

FREITAG, Bárbara. *Sociedade e consciência:* um estudo piagetiano na favela e na escola. 2. ed. São Paulo: Cortez, 1986

FREITAS, Maria Teresa A. *Vygotsky e Bakhtin:* psicologia e educação um intertexto. São Paulo: Ática, 1994.

FRIGOTTO, Gaudêncio. O enfoque da dialética materialista na pesquisa educacional. In.: FAZENDA, Ivani (org). *Metodologia da Pesquisa Educacional.* 3. ed., São Paulo: Cortez, 1994.

GARNIER, Catherine et.al. *Após Piaget Vygotsky*: perspectiva social e construtivista escolas russa e ocidental. Porto Alegre: Artes Médicas, 1996.

GENTILLI, Pablo (org.) *Pedagogia da exclusão:* crítica ao neoliberalismo em educação. Petrópolis: Vozes, 1995.

GROSSI, Esther Pillar & BORDIN, Jussara. *Construtivismo pós-Piagetiano:* um novo paradigma sobre aprendizagem. 4. ed., Petrópolis: Vozes, 1993.

HABERMAS, Jürgen. *Para a reconstrução do materialismo histórico*. 2. ed., São Paulo: Brasiliense, [s.d.].

_____. *Dialética e hermenêutica:* para a crítica da hermenêutica de Gadamer Porto alegre: L&PM, 1987.

HELLER, Agnes. *O cotidiano e a história*. 3. ed., Rio de Janeiro: Paz e Terra, 1989.

HESSEN, Johannes. *Teoria do conhecimento*. 6. ed., Coimbra: Sucessor, 1973. [Coleção Studium].

IANNI, Octavio. *A sociedade global*. 3. ed., Rio de Janeiro: Civilização Brasileira, 1995.

KOSIK, Karel. *Dialética do concreto*. 2. ed., Rio de Janeiro: Paz e Terra, 1976.

LEITE, Marcia de Paula. Modernização tecnológica e relações de trabalho. *In.:* FERRETTI, Celso J. et. al. *Novas tecnologias trabalho e educação:* um debate multidisciplinar. Petrópolis: Vozes, 1994.

LEONTIEV, A. N. Princípios do desenvolvimento mental e o problema do atraso mental. In: LÚRIA, A.R, VYGOTSKY, L.S; LEONTIEV, A.N. et. alli. *Psicologia e pedagogia:* bases psicológicas do desenvolvimento e da aprendizagem. São Paulo: Moraes, 1991.

LÚRIA, A. R. *Pensamento e linguagem:* as últimas conferências de Lúria. Porto Alegre: Artes Médicas, 1986.

_____. *Desenvolvimento cognitivo.* São Paulo: Ícone, 1990.

_____. *Curso de psicologia geral.* v. I. São Paulo: Civilização Brasileira, [s.d.].

_____. *Curso de psicologia geral.* v. II. São Paulo: Civilização Brasileira, 1991.

_____. *Curso de psicologia geral.* v. III. São Paulo: Civilização Brasileira, 1991.

_____. *Curso de psicologia geral.* v. IV. São Paulo: Civilização Brasileira, 1994.

LÚRIA, A.R, VYGOTSKY, L.S; LEONTIEV, A.N. e outros. *Psicologia e pedagogia:* bases psicológicas do desenvolvimento e da aprendizagem. São Paulo: Moraes, 1991.

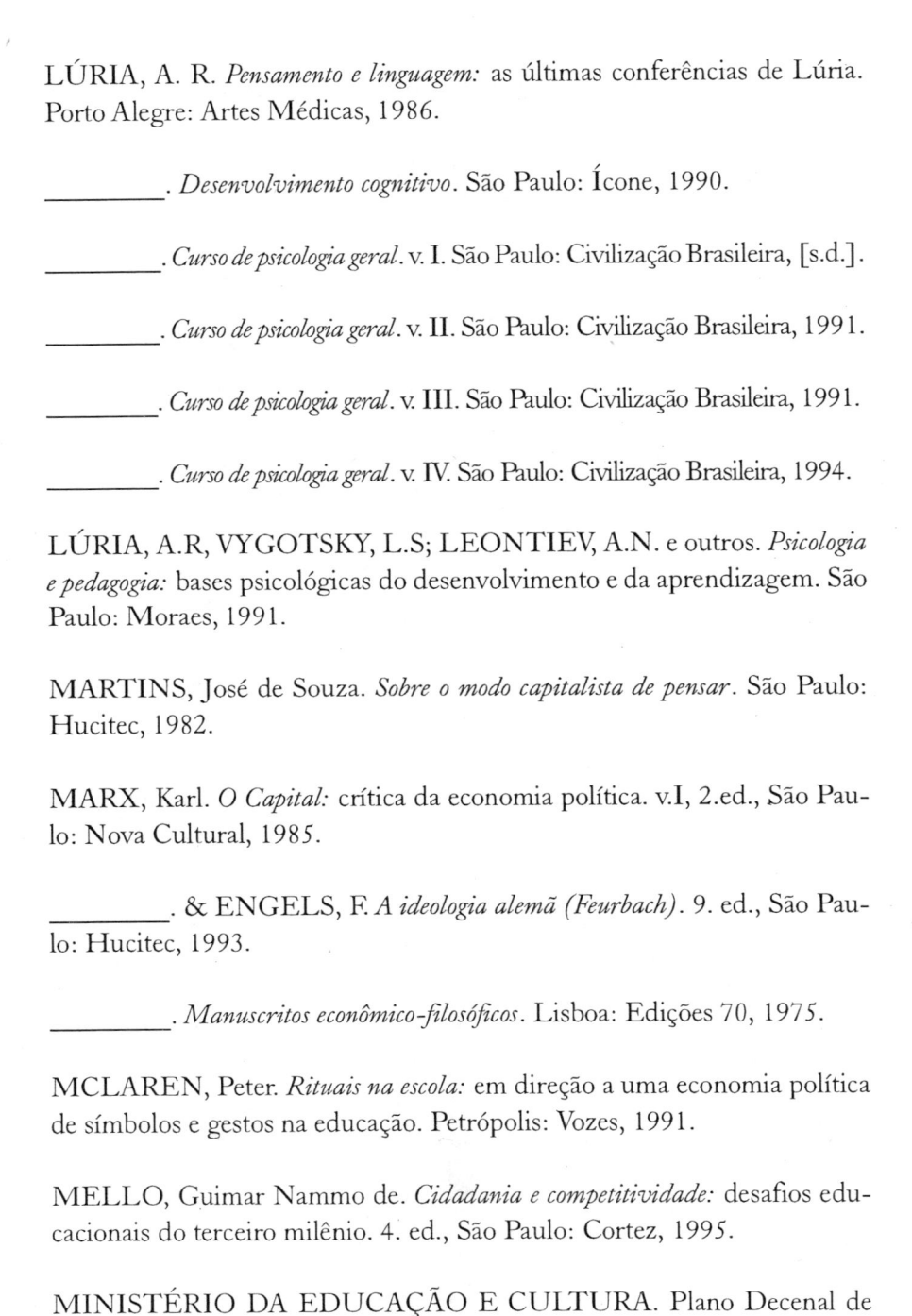

MARTINS, José de Souza. *Sobre o modo capitalista de pensar.* São Paulo: Hucitec, 1982.

MARX, Karl. *O Capital:* crítica da economia política. v.I, 2.ed., São Paulo: Nova Cultural, 1985.

_____. & ENGELS, F. *A ideologia alemã (Feurbach).* 9. ed., São Paulo: Hucitec, 1993.

_____. *Manuscritos econômico-filosóficos.* Lisboa: Edições 70, 1975.

MCLAREN, Peter. *Rituais na escola:* em direção a uma economia política de símbolos e gestos na educação. Petrópolis: Vozes, 1991.

MELLO, Guimar Nammo de. *Cidadania e competitividade:* desafios educacionais do terceiro milênio. 4. ed., São Paulo: Cortez, 1995.

MINISTÉRIO DA EDUCAÇÃO E CULTURA. Plano Decenal de Educação. MEC, 1993.

MOCHCOVITCH, Luna Galano. *Gramsci e a escola*. São Paulo: Ática, 1988.

MOLL, Luis C. *Vygotsky e a educação:* implicações pedagógicas da psicologia sócio-histórica. Porto Alegre: Artes Médicas, 1996.

NETO, Henrique N. *Filosofia básica* 3. ed., São Paulo: Atual, 1986.

NUDLER, T.B. Lá educación y los mecanismos ocultos de la alienación. *Crisis en lá Didactica. Revista de Ciências de lá Educacion.* Rosário: [s.n.], 1975.

OLIVEIRA, Marta Kohl. *VYGOTSKY:* desenvolvimento e aprendizado um processo sócio histórico. São Paulo: Scipione, 1993.

_____. O pensamento de Vygotsky como fonte de reflexão sobre educação. *CADERNOS CEDES.* n. 35. Campinas: Pipirus, 1995.

PALANGANA, Isilda C. *Desenvolvimento e aprendizagem em Piaget e Vygotsky:* a relevância do social, São Paulo: Pléxus, 1994.

PINO, Algel. O conceito de mediação semiótica em Vygostky e seu papel na explicação do psiquismo humano. *CADERNOS CEDES.* n. 24, Campinas: Papirus, 1991.

POLI, Jaci. Caboclos: pioneirismo e a marginalidade. *Cadernos do Ceom,* 2(3) Chapecó: Fundeste, out. 1987.

POLI, Odilon Luiz. *Aprendendo a andar com as próprias pernas:* processo de mobilização nos Movimentos Sociais do Oeste Catarinense. Chapecó: Grifos, 1998.

_____. *Crise da economia camponesa e surgimento dos movimentos sociais no campo no oeste catarinense:* fatores de mobilização. Campinas: 1994 (mimeografado).

REGO, Teresa C. *VYGOTSKY*: uma perspectiva histórico-cultural da educação. Petrópolis: Vozes, 1995.

_____. A origem da singularidade humana na visão dos educadores.

Cadernos CEDES, n. 35. Implicações Pedagógicas do Modelo Histórico Cultural, Campinas: Papirus, 1995.

RENK, Arlene. *A luta da erva*: um ofício étnico no Oeste catarinense. Chapecó: Grifos, 1997.

RIBEIRO, Sergio Costa. A educação e a inserção do Brasil na modernidade. *Cadernos de pesquisa*, n. 84, São Paulo: [s.n.] fev. 1993.

SALVADOR, Cesar Coll. *Psicologia do ensino*. Porto Alegre: Artes Médicas.

SAVIANI, Dermeval. *Pedagogia histórico crítica:* primeira aproximações. 4. ed., Campinas: Autores Associados, 1994.

SCOZ, Beatriz. *Psicopedagoia e realidade escolar:* o problema escolar de aprendizagem. Petrópolis: Vozes, 1994.

SECRETARIA MUNICIPAL DE EDUCAÇÃO DE BELO HORIZONTE, 1996.

SECRETARIA MUNICIPAL DE EDUCAÇÃO DE CHAPECÓ. (SMED) *Projeto Político Pedagógico:* Escola Popular, 1997 - 2000 (mimeografado).

SEGNINI, Liliana R.P. Controle e resistência nas formas de uso da força de trabalho em diferentes bases técnicas e sua relação com educação In.: *Trabalho e educação*. São Paulo: Papirus, 1992. [Coletânea CBE].

SENAI, *Desafios e oportunidades:* subsídios para discussão de uma política de formação profissional para a indústria no Brasil. Cadernos, fev. 1994.

SILVA, Tomaz Tadeu (org). *Neoliberalismo, qualidade total e educação*. Petrópolis: Vozes, 1995.

_____. (org.) *O Sujeito da Educação:* estudos foucaultianos. 2. ed., Petrópolis: Vozes, 1994.

SILVEIRA, Paulo e DORAY, Bernard (orgs.). *Elementos Para Uma Teoria Marxista da Subjetividade*. São Paulo: Vértice, 1989.

SUCUPIRA FILHO, Eduardo. *Introdução ao pensamento dialético*. São Paulo: Alfa Omega, 1984.

TAILLE, Yves de La. OLIVEIRA, Marta Kohl, DANTAS, Heloysa. *Piaget, Vygotsky, Wallon:* teorias psicongenéticas em discussão. 4. ed., São Paulo: Summus, 1992.

TARELHO, Luiz Carlos. *Os sem terra de Sumaré:* da consciência do direitos à identidade social. 1988. Dissertação (Mestrado) Pontifícia Universidade Católica de São Paulo. São Paulo.

THIOLLENT, Michel. *Metodologia da Pesquisa-Ação*. São Paulo: Cortez, 1996.

UCZAI, Pedro. *Movimento dos Atingidos por Barragens: o caso Itá e Machadinho na Bacia do Rio Uruguai* (1979-1991-1992). Dissertação (Mestrado) Pontifícia Universidade Católica de São Paulo. São Paulo.

UNGER, Nancy M. *Ecologia e espiritualidade:* o encantamento do humano. São Paulo: Summus, 1991.

VYGOTSKY, L. S. *A formação social da mente*. São Paulo: Martins Fontes, 1996a.

_____. *Pensamento e linguagem*. São Paulo: Martins Fontes, 1996b.

_____. *Teoria e método em psicologia*. São Paulo: Martins Fontes, 1996c.

_____. LÚRIA, A. R. LEONTIEV, A. N. *Linguagem, desenvolvimento e aprendizagem*. São Paulo: Ícone, 1988.

Aceleração da Aprendizagem *De quem?*

Solange Maria Alves Poli

Cadastro Argos

A ARGOS quer conhecer melhor você. Por essa razão, gostaríamos muito que preenchesse e nos enviasse o cadastro abaixo. Você estará nos ajudando a atendê-lo com maior eficiência.

Nome:_____
Sexo:_____ Data de Nascimento:___/___/___
Escolaridade:_____ Profissão:_____
Endereço:_____
Bairro:_____ Cidade:_____
CEP:_____ Estado:_____
Tel.( )_____ Fax:( )_____
E-Mail:_____
CPF/CGC:_____

Áreas de Interesse:

Didáticos	( )	Debates Contemporâneos	( )
Literatura	( )	Debates sobre Universi-	
Literatura Infantil	( )	dade	( )
Livros de iniciação nas diver-		Memória e Cidadania	( )
sas áreas do conhecimento	( )	Divulgação Científica	( )

O que você leva mais em conta na hora de adquirir um livro?
Autor ( ) Editora ( ) Capa ( ) Preço ( ) Propaganda ( ) Conteúdo ( )
Sugestões:_____

Escreva-nos e receba nosso catálogo.

E-mail: argos@unochapeco.rct-sc.br
Home-page: http://www.unochapeco.edu.br/argos

IMPRESSÃO:

GRÁFICA EDITORA Pallotti
IMAGEM DE QUALIDADE

Santa Maria - RS - Fone/Fax: (55) 222.3050
www.pallotti.com.br
Com filmes fornecidos.